テレキャスタービーボーイ

すりい 【イラスト】coalowl

Telecaster B-Boy

CONTENTS

テレキャスタービーボーイ

すりぃ

MF文庫J

口絵・本文イラスト●coalowl

1

ギターは、必ずしも見た目通りの音を出すわけではなかった。その中でも、テレキャスターは一見、角が丸いフォルムで可愛《かわい》げな印象だが、そのサウンドは鋭く、荒々しさも兼ね備えている。また、音程が完全に合わない不完全さが、どこか自分に似ているような安心感があり、かき鳴らしているだけで、全てを忘れさせてくれた。それが、心地よかった。

この世界は、目に見える情報だけではわからないことだらけ。

独りだからって寂しいわけではないし、誰かと居るからって満たされているわけでもない。みんな、自分のことすらもわからなくて苦しんでいる。

だけど、誰かを理解しようとする。

だけど、誰かに理解して欲しいと思う。

その過程で、ちょっと好きになれる自分を見つけ出す。

○風間楓月《かざまかづき》

信号待ちをしている間、傘をさすか迷うほどの雨が降ってきた。

僕が住んでいる地域には河川が多く、実家の近くに流れている川に沿って南に進み、大通りに出ると、通っている高校が見えてくる。自転車通学なので、傘をさしながらだと校門に立っている先生に注意されるので、いつも近くで自転車を降りてから、学校に入るようにしている。

一応傘は持ってきたが、空を見上げると頰《ほお》に雨粒が数滴つく程度だったので、我慢することにした。こんな時に限って信号は、普段より長い間、赤のままの気がしてしまう。

校門横のフェンスには「スポーツ特別強化指定校」や「祝・全国高等学校剣道選抜大会出場　女子剣道部」と書かれた懸垂幕がかけられており、スポーツとは無縁な僕は、その前を通るたびに肩身が狭い気持ちになった。

校門をくぐると、右手に校庭、左手に五階建ての校舎があり、クリーム色の外壁は雨風にさらされ所々黒く変色して、年月の経過を感じさせる表情で佇《たたず》んでいる。正面玄関の靴箱へ向かうと、同じクラスの羽鳥麗華《はとりれいか》が上履きに履き替えていたので声をかけた。

「おはよう、麗華」

「おは」

麗華は僕を一瞥《いちべつ》してから、すぐに歩き始めた。

「帰りに部室に置いてきたギター取りに行こうよ」

麗華と僕は軽音部で、一緒にバンドを組んでいる。昨日は練習だったのだが、帰りに土砂降りの雨が降っていたので、部室にギターを置いていた。

「私は今日も置いていく。どうせテスト勉強でベース弾けないし」

「毎日弾かないと下手くそになっちゃうよ。テストと練習どっちが大切なの」

「テスト」と麗華は食い気味に言って、足早に階段を登って行った。

中学からギターを弾き始めた僕はずっと軽音部に憧れていた。

誰かとバンドを組んでみたかったのだが、周りに楽器をやっている知人がいなかったので、この高校に入学し、部活紹介で軽音部があることを知った時は一人で舞い上がった。

しかし、仮入部の際にいざ部室を前にすると緊張で入れず、部室の前でうろうろしているところに、「あんた同じクラスだよね。何してるの、入りなよ」と声をかけられた。

そして、僕の腕を掴《つか》んで部屋に連れて行ってくれたのが、同じく軽音部に仮入部しに来た麗華だった。

「ちょっと、麗華。テスト勉強って言ったって、ずっとするわけじゃないでしょ」

「するよ。それに、私は家にもう一本ベースあるし」

「じゃあ、部室まで付いてきてよ……」

「しつこい。やだ。めんどくさい」

麗華《れいか》は、その歯に衣《きぬ》着せぬ物言いや、素っ気ない態度からかクラスの男子から恐れられている。しかし、僕にとっては学校で気を張らずに話せる唯一の友達《ともだち》なので、二年生も同じクラスになってほっと胸を撫《な》で下ろしていた。

「あんた、部室で広坂《ひろさか》先輩に会いたくないだけでしょ。またぐちぐち言われるから」

「……」

「図星ね」

「だって最近、会うたびにまだコピーバンドやってんのか、とか、そろそろオリジナル曲作れよ、とか言われるんだもん」

「それは楓月《かづき》が広坂先輩に相談しちゃったからでしょ」

「そうだけど、言い方がキツくて」

広坂正志《まさし》先輩はギターボーカルで、一年生の頃に軽音部で組んだバンドなのだが、オリジナル曲の自主制作MVもネットに公開しており、学校外でのバンド活動も積極的に行なっている。広坂先輩は、強い口調で説き伏せてくる圧があるので、軽音部の同期や、軽い気持ちで入部した後輩からは敬遠されていた。

そんな広坂先輩に、僕もオリジナル曲を作ってオリジナルバンドを組んでみたい、と相談したのが間違いだったのかもしれない。

「楓月は、だけど、とか、だって、とかが口癖になっちゃってるから、広坂先輩も突っかかってくるんだって」

「だって……」

「ほらね。もっとメンタルも鍛えな」

「麗華は、寄り添う心を持って」

「うるさい」

でも、麗華のキツさと広坂先輩のキツさは全然違う。何というか、麗華には押し付けてくる感じがない。そんなことを考えながら、麗華と教室へ向かっていると、後ろから声をかけられた。

「あらあら、お二人さん。また一緒に登校ですか？」

振り返ると、同じクラスの島田《しまだ》くんが手をカメラに見立てて、写真を撮るような仕草をしていた。

「二人は付き合ってどれくらいなんですか」

島田くんが僕らを揶揄《からか》うように言うと、麗華が、「島田、それいつも言ってくるけど、全然おもしろくないから」と睨《にら》みつけながら、冷たく低いトーンで言い放った。

「じゃあ何でいつも二人でいるんだよ」

麗華はもう相手にするつもりがないのか、島田くんの方を見ていない。

「何でって、僕ら友達《ともだち》だから……」

僕の中で麗華《れいか》は、仲の良い友達という認識で、なんの含みもない関係性なので、どういう関係か聞かれても、友達だよと言う他なかった。これも何回目だろう。

「へー」

島田《しまだ》くんは納得いかないといった表情を浮かべながら僕の耳元で、「もうキスはしたのか」と囁《ささや》いた。

「するわけないじゃん」と僕はついつい声が大きくなってしまった。

「ははは。ムキになるなって。じゃあ、俺お腹《なか》痛いからトイレ行ってくる、先生に言っといて」

そう言い残して、島田くんは去っていった。

「麗華」

「なに」

「僕がずっと麗華に付いて回るから、みんなに勘違いさせてしまっているんだよね」

「あんなの無視しときゃいいよ。男女が一緒に歩いているだけで、付き合ってるとかどうとか、浅はかな考え方しかできない奴《やつ》らなんだから」と辛辣に切り捨てた。

「ごめん」

「あいつらには説明しても、どうせ理解できないよ」

朝の教室は、扉が常に開いているので、教室に入っても注目を浴びることがない。遅刻してしまうと、先生が扉を閉めるので、ガラガラと音を立てて入ることになる。まるでライブのステージに上がった時のように視線を集めてしまうので、僕は必ず余裕を持って家を出ることにしている。

ＨＲの時間になり、担任の前川《まえかわ》先生が教室に入ってくる。その後ろから、トイレに行っていた島田くんが堂々と入ってきた。

「島田、ギリギリ遅刻だぞ」と先生が出席簿を開きながら言った。

「すみません、電車が逆走しまして」と島田くんは、みんなの前でおちゃらけてみせる。

「そんなわけあるか」

島田くんの遅刻大喜利と前川先生の極めて自然な指摘により、教室の所々に笑いが起こる。よく、人前で緊張したらみんなジャガイモだと思え、というけれど、ああいう類《たぐい》の人たちは、本当に目の前の人をジャガイモだと思っているのかな。尊敬の念すら抱く。

「じゃあ、日直は……風間《かざま》。挨拶」

そうか、今日は僕が日直だったんだ。でも、運が悪かった。僕の学校では、日直は日替わりで、二人一組になって担当する。しかし、号令担当はこうして先生が気分で決めることが多い。

「き、起立」

自分でもわかってはいるのだが、今の声量では近くにいる数人にだけ届くくらいの号令だっただろう。しかし、その数人が立ち上がったので、他のみんなも、後に続くようにして立ち上がる。いつまで経《た》ってもこの号令は慣れない。

僕は教室では極力目立ちたくはなかった。過去に初めて人前で固まってしまい、頭が真っ白になる経験をしたのが恐らくトラウマになっているのだろう。

あれは、小学四年生の学校行事で行われた、二分の一成人式の時だった。

事前に「十歳の自分史を作ろう」というテーマで、十歳までの生い立ちをA４サイズの冊子にまとめて、視聴覚室で発表するといった内容だった。

当日はお母さんが来ていたので、良《い》いところを見せたかったのだが、自分の番が近づいてくるにつれて、体の内側から震えが止まらなくなり、口の中はまるで潤いを忘れたように乾燥していた。

いざ自分の名前が呼ばれ、プロジェクターの前まで行き振り返ると、クラスのみんなの視線に加え、その両親たちの視線が一斉に集まっていた。

期待や興味を含んだその視線は、僕の皮膚に突き刺さり、火照《ほて》った顔からはじわじわと汗が滲《にじ》み出してくる。

冊子の表紙には名前と、お母さんがつけていたピンクの花柄のエプロンや、赤いリボンなど好きなものの絵を描いていた。

僕の趣味嗜好《しこう》は所謂《いわゆる》、女の子が好きそうな可愛《かわい》いものや、キラキラしたものが多かった。家では姉とよく遊んでいたので気にはしていなかったが、自分の趣味嗜好が一般的な男の子と違うことは、小学校に入学した辺りから自覚はあった。

表紙の絵がプロジェクターから画面に映し出されると、クラスの男の子がケタケタと無邪気に笑いながら、「だっせぇ、女子みたいじゃん」と言った。

その瞬間、心臓が大きくドクンと鳴り、滲《にじ》み出していた汗が引いていくのがわかった。教室内では何人かの笑い声が聞こえてくる。僕はなぜか申し訳ない気持ちになってしまい、体が硬直する。音が止まった。頭の中は真っ白だった。

――何か言わないと。何か言わないと。なんだっけ。なんだっけ。

おそらく一瞬の間だったが、長い間沈黙してしまった様に感じられた。

「風間《かざま》くん、風間くん」と先生に肩を叩《たた》かれ、ようやく周りの音が戻ってくる。聞き覚えのあるわざとらしい咳払《せきばら》いが聞こえ、音がする方へ視線を向けると、お母さんと目が合った。声には出していなかったが、「大丈夫」と唇が動き、胸の前で握った拳を小さく振っていた。笑っていた男の子の母親だろうか、お母さんに頭を下げている。

視聴覚室は換気ができておらず、行き場のなくなった湿気が、肌に嫌な粘っこさを与えていた。

放課後は放課後特有の匂いがする。夕日の匂い、誰もいない教室の匂い、よその家から漂う晩御飯の匂い。朝にはない、特別なこの匂い。

結局、麗華《れいか》は付いて来てくれなかったが、今朝から降っていた雨は昼頃には止《や》んでいたので、部室に置いていたギターを持って帰ろうと思い、部室へ向かった。

軽音部は全部で六つバンドがあるので、部室を使える時間が限られている。十六時から十九時の間で、一バンド五十分程を週二回までの決まりで、僕のバンドはベースボーカルが麗華、ドラムが三組の金山隆太《かなやまりゅうた》、ギターが僕の三ピースバンドで、月曜日と木曜日に部室が使える。

今日は火曜日。広坂《ひろさか》先輩のバンドが部室を使っている日だったので、居ないことを願ったが、部室に入ると広坂先輩がギターの弦を交換していた。

「おお、楓月《かづき》どうした？」

「お疲れ様です。ギターを部室に置いていたので取りにきました」

「昨日かなりの雨だったもんな」

本当は鉢合わせしないように、早く部室へ取りに来るつもりが、帰りの先生の話が長引いたため、遅くなってしまった。

「楓月はさ」

「は、はい」

「新しい弦と古い弦、どっちの音が好き？」

「僕は少し使った後の弦ですかね」

「どうして？」

「個人的には少し使った後の倍音が削れて落ち着いた音の方が好みです。弾きやすい気もするんで」

広坂《ひろさか》先輩がニッパーで古い弦を切り、パチンと音が鳴った。

「なるほどね。でも毎日弾いてると一ヶ月《かげつ》くらいが限界な気がする。たまに二、三ヶ月替えないで放置してる奴《やつ》とか見ると、腹立つもん。俺は替えたてのギラついたあの音が好きだな。コードの分離感もいいし、はっきりしていて」

広坂先輩は、新しい弦をギターに張っているので、こちらを見ずに続けた。

「てか、オリジナル曲は作ったのか？」

この話題が始まってしまった。

「いえ、まだ。作りたいんですけど」

「前も同じこと言ってたよな？　そう思ってるなら早く作ってやればいいのに」

「でも、作曲が得意じゃなくて」

「それは圧倒的に作っていないからだよ。それに、やってないのに出来ないってのは逃げてるだけだし、別で作曲できるやつを誘うっていう手もあるだろ。言い訳ばっかしてると、何もできねえよ」

広坂先輩の言っていること自体はごもっともで、ぐうの音も出なかった。ただ、この棘《とげ》のある言い方は相手へのアドバイスが目的ではなく、自分の考えがいかに他と違って優れているかを誇示するようで、僕は萎縮してしまった。

「わかってはいるんですけど、あ、いや、そうですよね。確かに」

「まっ、こんなこと言ってもほとんどの奴が動かないいんだけどな。勿体無《もったいな》いと思うわ。時間は限られてるよ」

窓の外を見るとまだ雨は止《や》んでいたので、早いうちにギターを持って帰りたかった。

部屋の角に立てかけていたギターケースを背負い、「もう高二なので頑張ってみます、ありがとうございます」と会話を終わらせる雰囲気を出しながら言うと、「高山《たかやま》もバンド組み立ての頃は」と広坂先輩とバンドを組んでいる、ベースの高山先輩の話を切り出され、足を止めざるを得なかった。

「死ぬほどベース練習してるわけでもないのに、音楽で食べていくのは難しいよな、とか言い出してさ。ライブでミスがあるたびに落ち込んで。自分が本気で好きなら先の心配なんてしないいし、一度や二度のミスで自暴自棄になる暇があるなら、ミスの原因を探って一つ一つ潰していけばいいだけの話だろ」

「高山先輩の気持ちもわかります。僕もミスがあると落ち込んじゃいます」

「別に落ち込んだっていいけど、あいつの場合ライブ中にミスを引きずって、その後のプレイに集中できていなかったのが問題なんだ」

話はもはや僕のことではなく、自分のバンドの話になっており、恐らく初めからこの話がしたかったのだろうなと感じられた。

「広坂《ひろさか》先輩の気持ちが高山《たかやま》先輩に伝わればいいですね」

「結局、人から言われたことなんて本人にはわからないんだよ。ピンとこないってか、自分で経験して気づいて、納得しないと。俺にできることは、そのきっかけのカケラをあいつに投げ続けるしかないんだ」

僕が肩から少しズレていたギターを背負い直して、「なるほど……」と相槌《あいづち》を打つと、部屋の扉が開き、高山先輩や他のバンドメンバーが入ってきた。

「おはよう、あれ楓月《かづき》じゃん」

「おはようございます。部室にギターを置いていたので取りにきてました。それじゃあ僕はそろそろ失礼します」

「おう、気をつけて帰りなよ」

高山先輩はベースを壁に立てかけ、軽く微笑《ほほえ》みながら言った。広坂先輩は急に黙って、何も言わずギターのチューニングをし始めたので、僕は軽くお辞儀だけして部屋をあとにした。

家路につく途中、川沿いを進んでいると、遠くの方で雲が薄く途切れ、こぼれだす夕日に反射して赤く染まった、スカイツリーが見えてきた。

僕は赤く染まった空と灰色の雨雲の境目を見ながら、高山先輩の微笑んだ顔を思い出した。広坂先輩はバンドに対して熱い気持ちがあって、その熱量の共有に限界を感じている様だった。変わるきっかけのカケラを投げ続けられている高山先輩は、そのカケラをちゃんと拾い集めているのかな。それとも痛がっているのかな。

ふと前を見ると、青信号が点滅して、また赤に変わった。

◇花山飛鳥《はなやまあすか》

「飛鳥、コンビニ行こうよ」

二時間目の授業終わりのチャイムがまだ鳴りやまない間に、左隣に座っていた小滝千紗《こたきちさ》が財布を片手に立ち上がった。

「オッケー」

私の通う保育専門学校は三年制。二年制の専門学校と比べるとゆっくり学べ、詰め込まれていない分、アルバイトや趣味などに時間を充《あ》てられる。

私の場合は、じっくりと保育について学びたかったわけでもなく、アルバイトをしたかったわけでもなかった。ただ、就職までの時間が、猶予が欲しかった。もちろん、責任感がないわけでもなく、子どもは好き。だけど、二年制の学校だと、入学して一年ほどでもう就活が始まってしまう。とはいえ、学費を借りてまで四年制の大学に行く目的を、親に説明できなかった。

中途半端。後回しにしても、いつかは向き合わなければいけないのに。

校門を出てすぐ右に曲がり、一つ目の信号を越えたところにあるコンビニは、昼休みの時間帯はうちの生徒と、すぐ近くにある美容専門学校の生徒に占領されている。

「またラーメン買っちゃった、女子力ないわ」

レジ横のポットで、カップ麺にお湯を注ぎながら千紗《ちさ》は呟《つぶや》いた。

「いいじゃん、好きなもの食べる方が幸せでしょ」

「飛鳥《あすか》はいいよね、いくら食べても太らないし」

「やめな、卑屈な子だと思われるよ」

「流石《さすが》二十歳、大人ですねー」

千紗は薄ピンクの唇を歪《ゆが》ませ、小馬鹿にするような口調で言った。出口の方へくるりと向きを変え、肩にかかるくらい伸びた黒い髪の毛を揺らしながら外へ出た千紗は、猛スピードで横切ってきた自転車に驚き「ぎゃっ」と、声を出して体勢を崩したが、咄嗟《とっさ》にカップラーメンの湯がこぼれないよう両脇と足を広げ、見事にバランスをとった。

「あぶなかったー。でも、セーフ」

私は心配よりも先に、全身を駆使してカップ麺を死守し、安堵《あんど》する千紗の姿を見て「あははは、何そのポーズ」と、笑ってしまった。

「えへへ」と、黒目が見えなくなるほど目を細めた千紗は、絵に描いたような笑顔で心を和やかにしてくれる。

私はその笑顔を見て女子力とは何なのかと考えた。食べたいものを我慢して、写真に収めるための見栄《みば》え重視の食べ物や流行を見逃さないため、日々アンテナを張ることを怠らないのが女子力なのか。

所作や言葉遣いが上品で、女性としてのアイデンティティーの確立に、精神を削ることが女子力なのか。

はたまた、カップ麺を片手にする、屈託のない笑顔なのか。少なくとも、私はどれも持ち合わせていなかった。

しかし、歳を重ねるにつれて、その曖昧な力を求められる場面が増えるらしい。

中学では禁止されていた化粧は社会人になるとマナーになり、大人数の飲み会では、サラダの取り分けという雑務をいち早くこなす女子が、いまだに評価される瞬間もある。今や、ＳＮＳに載せている写真の傾向でさえも女子力の判断材料になるそう。どうやら私たちにとってそれらは必修科目のようだ。

「そろそろ実習始まるね。千紗《ちさ》はもう実習先決めたの？」

私は配られたプリントの残りを、体はひねらずに腕を背中の方へ回して、後ろの席に渡しながら訊《き》いた。プリントには実習先希望用紙と書かれている。

「自分の通っていた母園にも許可が下りれば行けるらしいから、そこにしたいんだよね」

保育士資格を取るには、二週間の保育実習を二回と、社会福祉施設での施設実習が一回必要。実習は、授業だけではなく実際の保育現場に立つことで、保育士の仕事についてより理解を深めるためにある。私の学校では、一年生の前期でプレ実習、いわば、実習の予行練習もカリキュラムに組み込まれていた。

実習先は自分で決めて、担任の先生に希望用紙を提出し、許可が出ると、自分で実習先にアポを取る流れになっている。

「ではホームルーム始めますよ。今、配ったプリントに希望の実習先を、記入してください。今週の金曜日に提出になりますので……」

担任の小森《こもり》先生は五十代後半で、語尾を少し伸ばした話し方は時折、生徒内で真似《まね》されるほど特徴的だ。

「そういえば、飛鳥《あすか》。先生の話って、何だったの？」

「うん」

私はプリントの実習先希望の空欄を見ながら、なんとなく返事をした。

「ちょっと、聞いてるの、飛鳥」

「あ、ごめんごめん。なんだって？」

「ホームルームの前に先生に呼び出されてなかった？」

「ああ。この服装が気に入らなかったみたい。保護者はそういう所もチェックするから、もう実習も始まることだし、だってさ」

今日の服装は、原宿で購入した刺繍《ししゅう》が入った青のスカジャンに、ダメージ加工が入った黒スキニーパンツ。

「え、厳しい。そのスカジャンも、スキニーもちょーかっこいいのに」

「だよね。さすが千紗」

「でも、服装なんて働いている時以外は自由じゃない？」

「私も、仕事の時は無難な服装で行くけど、出勤する時にその格好だと、職場内であまりいいイメージを持たれないかもしれないからって」

「えー、それくらい自由がいいよね。今時、プライベートの服装とか気にされるのかな」

「子供と接するだけの仕事じゃないのよね、保育士って」

保育士だけではなく、社会人ってそうなのかな。社会人。その言葉からは何となく息苦しさを感じる。

「私もネイルとかしたいのにな」と千紗《ちさ》が自分の爪を見ながら呟《つぶや》いた。

「ネイルねー」

そう言いつつ、私は今までネイルをしたことがなく、したいとも思ったことがなかったので、自分でも温度感のない返事をしてしまったことに気がついた。

「私が園長先生ならおしゃれもオッケーにするのに」

「じゃあ私、そこで働くね」

千紗とは高校で出会ってから気の合う友達《ともだち》。そんな千紗が園長先生だったら、私は働けるのかな。確かにそんな保育園なら、ちょっとは楽しいかも。

「てか、飛鳥《あすか》も実習先決まってるならプリント出しに行こうよ」

「あ、パス。まだ決まってないんだ」

「去年のプレ実習は飛鳥の実家の近くだったよね」

「うん。でも今回は迷ってるんだよね」

「あんまり合わなかったんだ」

「うーん。千紗はさ、学校卒業したら一人暮らししないの？」

「私は実家離れたくないな」

当たり前だけど、実家に残りたい人もいるんだ。私は何だか羨ましい気持ちになっていた。

「ご飯も作れないし、一人で家いるのって怖いじゃん」

「怖いって、子供じゃないんだから」

「幽霊とか出たらどーするのよ。それに、この職業って一人暮らししたら、お金なんか絶対たまらないよね」

「お金ねー。貯《た》めてどうするんだろう」

「あはは。どうしたの飛鳥。お金なんてあったほうがいいでしょ。欲しいもの買いたいし、美味《おい》しいもの食べたいし」

「確かにそれはね。でも、欲しいものがなくなったら？」

「うーん、わかんない。とりあえず貯めときゃ何かあったとき使えるじゃん」

みんな、その漠然とした何かのために働いて、お金を貯めて、生きている。

夏休み前には実習が始まる。そこから半年もたてばもう、就活の準備。

『就職』と頭の中で繰り返してみる。黒いモヤモヤが渦巻いていく気分。

「あー。もう考えるの嫌になってきた。もう千紗と一緒の園で働こうかな」

「そうしようよ。その方が毎日楽しそうじゃん」

「その辺りに引っ越して、一人暮らしも始めようかな」

「いいね。じゃあ私も一緒に住む」

「それ一人暮らしじゃなくなるから」

そんなことを笑いながら話していると、気づけば私の前に小森《こもり》先生が立っていた。

「花山《はなやま》さん、そんなてきとうな理由で就職先を決めない。園によって保育理念も違うんだから、自分に合いそうなところを調べるのも大事ですよ。もっとちゃんと考えてくださいね」

「はい……」

千紗《ちさ》の方をチラッと見ると、手で口を覆い笑いを堪《こら》えていた。

自分と合う職場なんてわからないでしょ。

去年のプレ実習の際、そこで働いている同じ専門学校を卒業した四つ上の先輩に、「どうしてここの保育園を選んだんですか？」と訊《き》いてみた。先輩は、う〜んと少し考えるそぶりを見せ、「なんとなくかな」と投げやりな答えが返ってきた。

保育園の玄関には、『個性を大事に多様性のある保育を心がける』と書かれた紙が、綺《き》麗《れい》に額縁に入れて飾られていた。


私が住んでいる家は、三階建ての戸建てに、車一台とその隙間に自転車一台がギリギリ入るほどの駐車スペースがある。

家に着くとすぐ階段を上がり、廊下の突き当たりの自分の部屋に入り、着替えずにベッドに寝転ぶ。スマホを取り出し、Ｂｌｕｅｔｏｏｔｈで枕元に置いてある長方形のポータブルスピーカーに繋《つな》げ、私の好きなバンド、ハジマリノハナシの『ブルー』を再生する。

歪《ひず》んだ太いギターの音で、開放弦を交えた攻撃的なフレーズが流れる。四小節弾いた後、ドラムとベースが入り、一気にバンドサウンドへ。同じフレーズをさらに四小節続け、ドラムのフィルが入った後、ギターはコードを分解した別のフレーズに入り、疾走感と熱量がこの小さなスピーカーからも十分伝わってくる。

六畳一間のベッドと勉強机でいっぱいなこの部屋は、まるでライブ会場のような空間になり、私は寝転んだまま、拳を天井に向けてまっすぐ上げた。胸の鼓動が曲のリズムに合わせようと速くなる。

曲が終わった後、少しの間天井を見つめて動けなかった。どれくらいの時間が経《た》ったかわからないが、ふわふわとしていた意識が徐々に戻り始め、ふとクローゼットの方に目をやる。

体を起こし、スマホで時間を確認してから立ち上がり、クローゼットの前で深呼吸をした。恐る恐るクローゼットを開くと、三段積み重ねた透明なカラーボックスの上にプリントや、いつかのテスト、漫画などが乱雑に置かれている。我ながら整理整頓ができていないなと思いつつ、その奥に目をやると、昔よく使っていたバスケットボールや、高校の体操服など、もう使われていない物が散らばっている。

その中で一際目をひくのが、一年以上開けられていないギターケース。枕元のスピーカ

ーからは別のバンドの曲が流れている。ギターケースに触れると、先ほどとは違うリズムで胸が鳴り始め、息が荒くなる。普段、息をどのくらい吸って、どのくらい吐いていたのかわからなくなり、段々苦しくなってきたその瞬間、一階の玄関の扉が開く音が聞こえた。

「飛鳥《あすか》、いるなら下に降りてきて」

一階から、ママの呼ぶ声がした。私は、「ちょっとまって」と声を張りながら言って、クローゼットを閉めた。下に降りると、ママは両手にパンパンになったスーパーの袋を持っている。

「これ、冷蔵庫にしまっておいて、職場から電話がかかってきたの」

ママは両手に持っていた袋を私に手渡し、カバンからスマホを取り出しながら、「アイスも入ってるから早めにね」と言って職場へ折り返し電話をかけた。

私の両親は共働きで、ママは近くの皮膚科の医療事務で働いている。パパよりママの方が一時間ほど早く仕事が終わるので、夕飯の買い物をして帰ってくるのだが、明日は木曜日で病院が休みということもあり、数日分の買い物をしてきたようだ。

元々、ママは専業主婦で、私が小学六年生、お兄ちゃんが高校に入るタイミングで働き出した。お兄ちゃんもほとんどバイトで家にいなかったので、私は家に一人でいることが多かった。

そんな私の為《ため》に、十二歳の誕生日の時、パパがギターを買ってくれた。音楽は好きだったけど、ギターについての知識がなく、なんて名前のギターかもわからない状態だった。

それから、家での留守番の時間はほとんどギターを触るようになり、徐々にのめり込んでいった。それまで、時間を忘れて熱中するものがなかった私の世界は、ギターのおかげで一気に鮮やかな世界へと色付いた。

「晩御飯、酢豚にするね」

「いいね、前のパイナップル入りのも美味《おい》しかった」

「今日はキウイとパパイヤにしてみる」

「あれ酢豚に入れる用だったんだ」

ママは手をよく洗いまな板に食材を並べ出したので、私はリビングのテレビの電源をいれ、特に気にならない夕方のニュースを眺めた。今年の梅雨入りは平年より三日遅いらしい。

「そういえば……」

ママが台所から何かを言い出そうとしたので、私はほぼ反射的に身構えた。

「実習先は決まったの？」

私がテレビを眺めながら、「ううん。まだ」と答えるとママは、「実習先へそのまま就職することもあるんでしょ。だったら近くの園探さないと」と食材を切りながら言った。

「もしかしたら、遠くなっちゃうかも」

「どうして」

「千紗《ちさ》と同じところ。雰囲気良さそうだから」

「そんな理由で決めちゃ、後で後悔するのは飛鳥《あすか》よ」

「ママが勧めているのも、家から近いってだけの理由じゃん」

「職場は家から近い方がいいわよ。早起きして、毎日電車に乗る辛《つら》さを知らないからそんなこと言えるのよ」

台所からは、パチパチパチ、とママが切った具材を油で揚げている音が聞こえてくる。

「じゃあ、一人暮らししようかな」

「ダメ。そんなの絶対ダメよ」

揚げ物のカラッとした音の中に、ママの子供を叱るときのようなトーンの声が抜けてくる。

「飛鳥はこの家に住むんだから」

「もう。何でそう決まってるの」

「何回も話したでしょ。翔太《しょうた》が結婚したら、この家で一緒に住めるように大きめの家を買ったのに、出て行っちゃったからよ」

翔太は私のお兄ちゃん。就職してからすぐ、付き合っていた彼女との間に子どもを授かり、結婚して早々に家を出て行った。

「それと私は関係ないじゃん」

「飛鳥《あすか》もいつかは結婚して子育てしないといけないでしょ。この家でお金を貯《た》めながら、結婚相手を探して、ここに住めば楽じゃない。それに、ママも手伝ってあげれるでしょ。思っている以上に大変よ、子育ては。保育園で子供の面倒を見るのとはまた違うんだから」

「結婚なんて考えてないし、そんな事、ママに頼んでない」

「はあ」とママは、私に聞こえるようにため息を吐《つ》いた。

「またそんなこと言って。今は若いからまだピンと来ないかもしれないけど、二十代なんてあっという間なんだからね。気がついた頃に苦労するのは飛鳥なんだから。ママはあなたの為《ため》を思って口うるさく言ってるの」

私の為。何故《なぜ》かピンと来ないその言葉。大人はみんな、それが人生の正解だという風に押し付けてくる。あなたはまだ何もわかってないんだからと。そんなのわかるわけがない。

『この家にいるのは嫌、私の将来は私が決める』なんて言い返したら、どうなるだろう。悲しませちゃうかな、あの時みたいに。

揚げ終わった具材を炒《いた》め合わせる前に、味噌汁《みそしる》を作っているのか、出汁《だし》のいい香りが漂ってくる。台所を見ると、ママはおたまで味見をしている。いつの間にか白髪や、目尻の皺《しわ》が増えている気がした。毎日会っているけど、あんまり見てなかったのかな。

一度、言ってみようかな。就職が、嫌だってこと。

「マ……」

ふと、ママの声が蘇った。

──あの子を普通に育ててやれなかったのかしら。

「何か言った？」

「ううん、なんでもない」

○風間楓月《かざまかづき》

僕はずっと体育の時間が嫌いだった。冬になると個人競技のマラソンがあるので、まだ楽なのだが、この梅雨の時期は体育館でバスケットボールの授業がある。好きでもない競技に無理やり参加させられ、あまり関わりのないクラスメイトとのチームプレイを強いられる。


体育の授業が始まると、驚くことに先生からそもそものルール説明がなかった。なぜか知っていて当然の如《ごと》く試合が始まろうとしていたので、僕は、ちょうど横にいたクラスメイトの島田《しまだ》くんに話しかけた。

「島田くん。バスケってどんなルールだっけ？」

「ん？　手でやるサッカーみたいなものだよ」

「でも、足は使っちゃダメだよね」

「当たり前だろ。とりあえずボールをゴールに入れるだけ」

島田《しまだ》くんだって、初めはその当たり前を知らなかったでしょ、と頭の中で浮かんだ言葉が口から出ることはなかった。

「じゃあ、チーム決めろ」

先生はチーム決めを完全に生徒に任せているため、クラスの中でバスケが得意な三人でジャンケンを行い、勝った人から順に自分のチームに入れたい人を選ぶ、極めて残酷な方法で決めることになった。

ジャンケンが始まり一人、また一人と減って行く中、前回は欠席、前々回はなんの功績も残さなかった僕が、最後まで残ることはわかりきったことだった。最後に残り物の僕とクラスで一番太っている田端《たばた》くんをかけて、バスケ部の中山《なかやま》くんとどんなスポーツも得意と言い張っている島田くんがジャンケンをする。

「ジャンケン、ホイ」

勝ったのは中山くんだった。

「じゃあ風間《かざま》で」

切れ長の目で鼻筋の通った顔立ちの中山くんは、大きく骨張った手をあげ、「よろしく」と言った。

「あ、よろしく」と僕は同い年のクラスメイトに軽く会釈をする。

「じゃあ田端はこっちだな」と島田くんは少し悔しそうに言った。

「チーム決まったか。それじゃコート分かれて試合始めるぞ」

何もしていない体育の先生が大声を出している。僕らの対戦相手は島田くんチームになった。

「ジャンプボールは俺がやるから、みんなよろしく」

中山くんは身長が百八十センチ近くあるので、ゲーム開始時にコートの真ん中で先生が真上に投げたボールを、ジャンプして手で弾《はじ》き、自分のチームへボールを渡すポジションにもってこいだった。相手チームの島田くんは、その場で何度も飛びながら中山くんを牽《けん》制《せい》している。

「中山くん、僕はどこにいればいいかな」

「あぁ、その辺にいて」と中山くんは顎をしゃくるようにして、離れたところを指した。

僕と田端くんが残った時、本当は中山くんに選ばれて少し嬉《うれ》しかったのだが、彼からするとどちらでもよかったのだなと、その時やっと気づいた。

僕は恥ずかしさのあまり、今すぐ体育館を抜け出したい気分だったが、ボールはすでに高く上げられ試合はもう始まっていた。

『パシン』と乾いた音をたてボールを弾いたのは中山くんだった。

僕もとりあえず参加している雰囲気を出すために、みんなが向かう方向へ動き出すが、田端《たばた》くんが僕の横まで走ってきた。恐らく、彼も参加したくはないが雰囲気だけを出すために、パスが回って来ないであろう僕をマークしているのだ。

僕らはお互いチームに必要とされていない者同士、はみ出し者という共通言語で繋《つな》がっていたので、そこにはある種、味方チームよりも硬い団結力が生まれていた。ボールの進行方向が変わるたびに僕らも一応同じ方向へ動くので、一丁前に体育館シューズをキュッキュッと鳴らしながら、パスをもらえる位置に動くフリをしたり、それを防ぐフリをしたりの不毛な攻防戦を繰り広げる。

「よっしゃ」

最初に点を取った中山《なかやま》くんがガッツポーズをしている。

学校体育で行われる団体戦において、僕ら運動が苦手な人たちの役割は、運動ができる人たちが快く戦えるように、極力邪魔をしないよう立ち回ることなので、この結果に僕はひとまず安心した。

点を決められた島田《しまだ》くんは、試合を再開する前に、田端くんに耳打ちをしていた。

試合が始まり、僕はまた邪魔しないようにコートの端の方へ向かうと、田端くんは中山くんをマークしていた。島田くんが、その隙にドリブルしながらこっちへ走ってくる。

「取りに行け！」

中山くんは多分、突っ立っていた僕に向けて言ったのだが、取れるわけがなく、そのまま点を取られてしまった。

島田くんが田端くんに、「ナイス」と声をかけている。どうやら、島田くんの指示だったらしい、その姿を横目にしながら、中山くんが僕の方へ小走りで向かってきた。

「ビビってたら取れねえぞ」

「どうやってボールを取ればいいかわからなくて」

「じゃあ、取らなくていいから、手を広げて通さないように圧かけといて」

圧って、と聞こうとするが、中山くんはもう僕を見ていなかった。

試合時間は残り三分ほど。一度もボールに触れないまま前半戦が終わろうとしていた。

僕はチラチラと時計を見ながらボールと適切な距離を保つ。中山くんがボールを受け取るが、島田くんがマークしているため自由に動けないようで、同じチームでバスケ部の大野《おおの》くんも田端くんにマークされていた。

残り二分だ。

「風間《かざま》！」

中山くんの声が聞こえ、体育館の時計からコートに視線を戻すと、ボールが顔をめがけて飛んでくる。

僕は咄嗟《とっさ》に手のひらで顔を隠して、ボールを避《よ》けるように屈《かが》んでしまった。ボールはコートの外へ飛び出し、島田《しまだ》くんの笑い声が体育館に響く。

中山《なかやま》くんが呆《あき》れた顔でこちらへ近づいてきて、「ボーッとすんなよ」と素っ気なく言ってからすぐ、相手のスローインに備えるために戻っていった。

僕はその背中に、「ごめん」と小さく返すが、「ラスト二分気合い入れてこー」と中山くんの空気を切り替えるような掛け声によって、かき消されていった。

結局、勝ったのは僕のチームだったが、完全に足を引っ張っていた僕へ、チームから声をかけられることはなかった。

なんだか、僕だけみんなと違う場所にいる感覚。その違和感が、胸の中でどんどんと膨れ上がって、僕の口から溢《あふ》れ出しそうだ。

僕はパイプ椅子に座っている先生の元へ行き、「気分が悪いので、保健室に行ってもいいですか」と伝えた。

先生は眉間に皺《しわ》を寄せながら、「風間《かざま》、お前試合中全然ボール取りに行かなかったろ。サボってばっかじゃ成績つかないぞ」と言ってから、「行ってこい」と付け足した。

先生だって椅子に座っているだけでなんにもしてないじゃないですか、と言い返したかったが、そんな勇気もなければ、言ったところで僕の成績が上がる訳もないので、黙って浅く会釈をした。

体育館の出口に向かおうとすると、中山くんが声をかけてきた。

「風間、どこ行くんだ？」

「ちょっと、気分が悪いから、保健室に行ってくる」

「それなら俺たちに一言言ってから行けよ。チーム四人になっちゃうじゃん」

中山くんは、体操服を肩までまくっていたので、筋肉質な腕がよく見えた。

「ごめん」

「まあ、別にいいけど」と放り出すように言って、水を一口飲んでから続けた。

「嘘《うそ》だろ」

「え？」

「気分が悪いっての」

「いや……」

「本当はさっきボールを避《よ》けちゃったのが恥ずかしくて、ここから逃げ出したかっただけだろ」

「そんなつもりは……」

「生《い》き辛《づら》くないか、それ。学校の体育だろうが一回くらい真剣にやってみろよ」

「でも、バスケのルール、あんまり知らないんだ」

「知ってても参加しないくせに。言い訳すんな」

僕は口をつぐんで、中山くんから目をそらすと、チームのメンバーが遠目にこちらの様子を窺《うかが》っていた。早くここから抜け出したい。いつの間にか体育館から音がなくなっていく。

「吐き気もするし、みんなにも悪いから、とりあえず保健室行ってくる」

「そっか、男らしくないな」

中山《なかやま》くんはそう言い残して、チームの元へ小走りで戻っていった。

足音は何故《なぜ》か聞こえなかった。

保健室に着くと、徐々に周りの音が戻ってくる。熱なんかないと分かりながらも一応測ってから、ベッドで横になる。

「お家に連絡入れておく？」

保健室の先生の声は優しく、丸みを帯びていた。

「いえ、大丈夫です」

「そう、楽になるまで休んでおきなさい」

「ありがとうございます」

部屋は消毒液の匂いが漂っており、淡黄色の間仕切りカーテンで区切られ、半個室状態になっている。

目を閉じ、眠ろうとするが、眠れない。耳鳴りがする。どこからか音が聞こえてくる。

よく聞くと、それは体育館シューズの床を蹴る音や、ボールが跳ねる音、誰かの掛け声や、ホイッスルの音。それらの音は徐々に近づいてくる。消えない。目も開かない。近い。声が蘇る。男の子の声だ。

――男らしくないな。

必死に目を開けると、白く無機質な天井が歪《ゆが》んで見えた。どうやら泣いているらしい。

「先生」と僕は、仕切りの向こうにいる保健室の先生に声をかけた。

「なあに」

「変な質問してもいいですか」

「大丈夫よ」

「男らしいってなんですか」

「うーん。何かあったとき守ってくれそうな、頼《たよ》り甲斐《がい》がある感じとか？」

「男の子に生まれたら、男らしさは絶対必要なんですか」

「絶対じゃないけど、例えばあなたに彼女ができたら、その彼女を守るのはあなたでしょ」

「じゃあ、運動神経が良くて、力も強くならないとダメなんですか」

カーテン越しで先生の顔は見えないが、口角が上がっているような気がした。

「そんなことはないわ。野生の動物じゃあるまいしね」

僕は思わず、ふふ、と声を漏らしてしまった。何故か、先生には何でも話せてしまう。

「じゃあ、頼《たよ》り甲斐《がい》ってなんですか」

「問題から目を逸《そ》らさないってことかな。目を逸らさないって、立ち向かうとはまた別」

「女の子に生まれたかった、って言ったら変ですか」

「変じゃないよ、私も男がよかったな、って思う瞬間あるもの」

「僕は男として生きないとダメなんですか」

先生は少し間をおいてからゆったりとした声で、「それは誰かが決めることじゃなくて、あなたが決めることよ」と言った。

その言葉は包帯の様に全身を包み込み、僕はまたゆっくりと目を瞑《つむ》り、眠りに落ちた。

◇花山飛鳥《はなやまあすか》

真波《まなみ》『久しぶり、元気？　近々千紗《ちさ》と三人でご飯でも行こうよ！』

三日三晩続いた雨のせいで、世界中が蒸し器の中に閉じ込められたような夜、高校時代の先輩の真波さんから、一年ぶりの連絡が入った。

肌の保湿と引き換えに得た天気頭痛の治し方をスマホで調べていたところ、画面上部に出てくる通知を丁度タップしてしまい、メッセージを開いてしまった。一瞬でついた既読は、自分が今スマホを見ていたことが相手に伝わってしまうので、恥ずかしい気分になる。

真波さんは、高校の軽音部の新歓ライブでドラムを叩《たた》いており、その姿がカッコよく、私はすぐに声をかけた。その後、軽音部に入部するが、三年生は夏のイベントライブを最後に引退なので、同じ部活だった期間は短かった。

真波さんは、保育士になるため保育専門に行くことを決めていたので、同じく保育関係に興味があった千紗とも、私を通して交流があった。そして彼女は今、保育士として働いている。

飛鳥『お久しぶりです。びっくりしてすぐ開いちゃいました。元気です！　まなみさんもお元気ですか？』『ぜひ行きましょう』

私は二つに分けて返信し、スマホを閉じる。

喉が渇いたので、飲み物をとりに部屋を出て、階段を下り、リビングへ向かった。もう両親は寝ている時間なのでリビングには誰もいない。冷蔵庫を開けると、満タンだがまだ冷えていない麦茶ポットと、ギリギリ一杯分の麦茶が入っているポットがあった。

我が家では最後に飲んだ人がポットを洗い、水出しパックを入れ、お茶を作り直すルールになっていたので、まだ冷えていない方を取り出し、コップに注いだ。一気に飲み干し、流し台にコップを置いてから、「流し台に放置せず自分で洗ってちょうだい」とママに注意されていたことを思い出し、渋々水洗いする。

ふぅーと、一仕事終えた後の様なため息をつきながらソファに腰を下ろすと、スマホの通知が鳴る。

真波《まなみ》『私も元気だったよー。明日の十九時頃はどう？』

かなり急ぎの日程だなと思いつつも、明日の学校終わりは特に用事もなかったので、『大丈夫です！』と返すとすぐに、『よかった。じゃあ明日十九時前に錦糸町《きんしちょう》駅前のお店で！』と返信がきた。

私はソファに寝転び、最後に会った日のことを思い出していた。

真波さんは保育士になりたてで、子供の可愛《かわい》い話や、実際働いてみて分かったことや、仕事のやりがいとかを話してくれたな。今も楽しく働いていてくれればいいな。

そんなことを考えていると、いつの間にかうとうとし始め、そのままソファで寝てしまった。


翌日、学校が終わると、千紗《ちさ》は一度家に帰ってから店に行くとのことだったので、私は駅周辺で時間を潰すことにした。

駅北口から出ると目の前のロータリーには、ヘ音記号を二つ組み合わせた大きな金色のモニュメントが、五線譜に見立てた五本のワイヤーで吊《つ》るされている。隣り合わせになった片方のヘ音記号は上下左右が反転しており、この作品のタイトルなのか碑文には『エコー』と書かれていた。協和音と不協和音、クレシェンドとデクレシェンド、低音と高音といった音楽における『対』をテーマにしているらしい。

約束の時間までまだ二十分程あったので、近くの公園の中を散策していると、公衆トイレの前に停《と》められていたチャイルドシート付きの自転車に、四、五歳くらいの女の子が一人で座りながら首を傾けて眠っている。

「不用心な親」

心配だったので、近くで五分ほど待ったのだが、出て来なかったので、女性トイレを確認しに行く。

「誰もいないな……」

バリアフリートイレは空室だったので、おそらく父親の方が男性トイレに入っているのか、ここに自転車を停めているだけで別の場所に行っているのかだが、どちらにせよ私には確認する手段がなかった。

トイレを出ると、自転車の前に四十代くらいの男性が立っており、女の子に話しかけていた。数分とはいえ、子供を一人ぼっちにさせる危機感のない親に対して苛立《いらだ》ちながら、私は役目を終えたのでそろそろ店に向かおうと二人の横を通ると、男性は話しかけるのをやめ女の子も黙っていた。

どこか親子の雰囲気ではなく、男性は横目で私のことを気にするようにチラチラ見ている。直感的に違和感を覚えた私は、その男性に話しかけていた。

「すみません、この子の親御さんですか？」

「え、あぁ。いえ」

「では、お知り合いでしょうか？　この子ずっとここで待っていたので心配で」

「あ、違います。僕も心配で声をかけていたんです」

男性は目を合わせず、辺りをキョロキョロしながら問いかけに答えている。

「そうですか。今、親御さんが女性トイレにいらっしゃるのかなと思い確認しに行ったのですが、いなかったので、もしよろしければ、男性トイレの方の確認もお願いしてもよろしいでしょうか？」

女の子はキョトンとした顔で私たちを見ている。

「な、なるほど、えぇ」

すると、男性トイレの方から水が流れる音が聞こえてきた。

「あ、終わったかもしれませんね」

「ですね、では、僕はこれで」

男性はそう言い残すと、足早に去っていってしまった。

トイレから父親らしき人がスマホを触りながら出てきて、こちらに気付き、怪しげなものを見るような表情で近寄ってきた。

「あの、何か用ですか」

「この子の親御さんですか？　ずっと一人で待っていたので心配で見ていました」

「はぁ……」

父親は歯切れの悪い返事をしていたので、段々と腹が立ってきてしまった。

「先ほど、大人の男性がこの子に声をかけていました。数分とはいえ小さいお子さんを一人で待たせるのは危ないので、差し出がましいとは思いますが、一緒に連れて行かれた方が良いかと。そのためにもバリアフリートイレが設置されているので」

父親は面倒くさそうな態度で、「いや、僕が来た時はそこの個室トイレ使われてたんで。まあ気をつけます」と言って自転車にまたがって漕《こ》いで行った。

「あぁ、ムカつく！」

つい声に出てしまった。時間を確認するともう十九時になっていたので、私は急いでその場をあとにした。


「そんなことがあったんだ、ムカつくね」

「そうなんですよ、ごめんなさい。久々に会ったのにこんな話から始めちゃって」

「ううん、全然大丈夫。みんな普通は注意できないけど、そこで言えちゃうのが飛鳥《あすか》の凄《すご》いところだね」

真波《まなみ》さんは全体的に緩めのパーマをかけたショートカットで、トップスが黒のハイネックに、ブラウンのスラックスを穿《は》いた大人カジュアルな雰囲気だった。

「もうほんと腹たっちゃって」

五分ほど遅れて店に入ると、真波《まなみ》さんと千紗《ちさ》はすでに座って待っていたので、私は状況を説明していた。

「私ならムカついて追いかけちゃう」

「そこが千紗の凄《すご》いところだね」と私は思わず笑ってしまった。

真波さんは細い手をあげ、「すみません」と店員さんを呼んだ。この細い腕から、あの力強いドラムの音はどうやって出ているのだろう。

「ビールを一つと、飛鳥《あすか》はレモンサワーだよね?」

「はい」

「あと、ジンジャエールお願いします」

真波さんは、私と千紗の分も頼んでくれた。

「ここの店よく来るんですか?」

「いや、初めて。イタリアンっていうかピザが食べたくて」

「これも食べたいです!」と千紗がメニュー表の生ハムメロンを指差しながら言った。

ドリンクが届き、ある程度注文してから、乾杯した。

「それにしても飛鳥、久々だね。なんかニヤニヤしちゃう」

「私もニヤついちゃいます。急に連絡きたので嬉《うれ》しかったです」

生ハムメロンや真鯛《まだい》のカルパッチョ、マッシュルームのサラダなどを食べながら、話は保育士の話題になった。

「子供は相変わらず可愛《かわい》いんだけどね。職場の人間関係とか雰囲気がほんと最悪で」

「何かあったんですか？」

「うちのクラスのリーダーが自分のシフト管理ミスを私のせいにしてきたから、園長に『私じゃなくてリーダーがシフト変更したの伝え忘れていたと思います』って言ってやったの。そしたらリーダーからあからさまに無視されたり仕事押し付けられたりで」

「うわ、嫌がらせですね……」

「結局残業ばっかりだし。だんだん自分に余裕がなくなってきてさ、ちゃんと子供に集中したいのに」

「職場の環境なんて実際働いてみないとわからないですよね。人間関係なんて特にわからないですし」と私は半ば諦めがちに言った。

「私も実習で色んな所行ったけど、実習生の立場からだと判断できない部分があるのよ」

「えー、それじゃあどこを見ればいい職場かわかるんですかー」と千紗が生ハムメロンを頬張《ほおば》りながら叫んだ。

一年前とは違い、真波さんは仕事に対して働く意欲がなくなってきている様だった。これから保育関係に就職しようとしている私たちは、そんな所を見せられると将来心配になるだけなのにと思った。

しかし、これもまた現実の話で、人が同じ場所に集まれば意見の食い違いや、方針の違いなんておそらくどの職場でもある。目を背けてはいけない事実の話だった。

「子供の事だけ考えられる環境だといいのにね」

真波《まなみ》さんはどうにもならないことを諦めたときに出るような笑みを浮かべ、それを体の中に押し返すようにビールをグイッと飲み干した。

この表情、実習先の四つ上の先輩に仕事について話しかけた時と同じ表情だ。

ピザを運んできた店員さんに追加のビールを注文したので、私も追加でハイボールを注文した。

「でも、私は保育関係でしか働けないと思うから、ちゃんと職場選びしないとな」と千紗《ちさ》はピザを一枚取りながら言うと、真波さんがジョッキを置いて口を開いた。

「飛鳥《あすか》はさ、本当に保育士でいいの？」

「え、どうゆうことですか？」

「実はね、私が真波さんに相談してたの。飛鳥、本当は音楽がやりたいのに、自分の気持ち押し殺してるんじゃないかなって」

「なるほどね……」

千紗が今日、家に戻ってから来ると言ったのはそのためだったのか。

「飛鳥が専門学校に入ってからずっと音楽の話してないって、千紗が心配していてね。あと、就職の話になるといつも顔が暗くなるって。ギターはまだ弾いてるの？」

「いえ……」

「何かあったの？」

私は少し残っていたハイボールのグラスを空けてから、ちょうど近くにいた店員さんにもう一杯注文した。

「別に隠してたわけじゃなくて、特に話さなくてもいいっていうか、単純に伝えるタイミングもなかっただけなんですけど」

「うん」

「実は専門学校入学のタイミングくらいからギターは弾いてなくて。音楽のことはあまり考えないでいようかなって」

「どうして？」

「本当は音楽やりたかったけど、ママを悲しませちゃうから」

何も知らない店員さんが、ハイボールを持ってきてくれたので一旦、「ありがとうございます」と言い、「あ、別に重い話とかじゃないですよ」と断りを入れてから続けた。

「ママは私が普通に働いて、結婚して、子供を産むことを望んでいるんです。でも、私には無理。実は私、昔から恋愛感情を抱いたことがなくて。誰かと付き合いたいって思ったことがないんです」

お酒がそうさせているのか、普段話さないことを話しちゃってる。

「せめて、一人で暮らしていけるようにちゃんとした職に就こうと決めたつもりなんですが、やっぱり音楽のこと考えちゃうから、いっそのことギターから離れてみようと思って」

真波《まなみ》さんが、「そう」と相槌《あいづち》を打つと千紗《ちさ》が興味津々《しんしん》な様子で、「てことは、恋愛映画とか観《み》ないの？　私とか恋愛映画観るたびに、こんないい男どこにいるんだよって観ながらつっこんじゃうから」と目をぱちぱちさせながら聞いてくる。

私は思わず、「気になるところそこなんだ。まあ別に観ないかな」と笑った。

千紗のおかげで空気が重くならずにすんで、私は少しほっとした。

昔から、恋愛というものがわからなかった。

小学校では高学年辺りから好きな人の話で盛り上がったり、バレンタインでは本命チョコという特別な枠が当たり前に設けられていたり、私にはピンと来ない事が周りでは段々と増えてきて、違和感を覚えていた。

それは異性に対しても、同性に対しても同じで、もちろん友達《ともだち》としては好きだけれど、どうやらその感覚とは違う別の感情を抱くことがあるらしい。いい人に出会ってないから、なんてロマンティックな話ではなく、私の場合は脳の構造上の問題で、生まれつきどこかの回路が作動していないようなものだった。

けれど、別に話すことに対して抵抗はないのだが、この話をして重い空気にしてしまうことが嫌だった。

もちろん人それぞれだと思う。自分の秘密を他人に話すのが嫌な人だっているし、触れてほしくない人だっている。

返答に困るから別に話さなくてもいいよって思う人もいれば、力になりたいからなんでも話してほしい人も。

そんな話聞くこと自体タブーだって腫れ物扱いする人もいれば、多様性の時代なんだからみんなオープンにしようよって一括《ひとくく》りにする人だっている。

妥当な回答なんてないけれど、私にとっては千紗のこれくらいの空気の方が楽だった。

「私が口を挟む様なことじゃないと思うけど」

真波さんは、千紗の話で上がっていた口角をゆっくりと戻し、ジョッキに向けていた目線をこちらに向けてから、続けて口を開く。

「飛鳥《あすか》にはやりたい事があるんだから、誰かのためにその道に進むことを諦めないで、一度やりたいことをやってほしいな。自分でも無責任なこと言ってるとは思うけど」

「ありがとうございます。でも、怖いんです。一度その道を選んでしまうと、私自身もう戻れないし、戻せないこともある気がしていて」

「保育士にならその後からだって十分戻れるよ。ただ、これは飛鳥《あすか》の問題だから私がいちいち説得する様な事じゃないけど。うーん。同じこと言ってるね。でも、私は音楽をしてる時の飛鳥の顔を知ってる。あの顔を知ってるの」

真波《まなみ》さんはジョッキを持とうと手を伸ばすが、空だったので諦めた。

「じゃあ今度、ライブ見に行こうよ。ハジマリノハナシってバンドなんだけど」

「知ってますよ。ハジナシですよね。新歓ライブで真波さんが叩《たた》いているの見てから、聴くようになりました」

「ほんと？　今度、渋谷《しぶや》でライブするの。てか結局、飛鳥の問題に口出ししてるよね。いや、もう見にいくよ！」

「あら、真波さん、酔ってますねー」と千紗《ちさ》が真波さんを指でつつきながら言った。

「いえ、嬉《うれ》しいです。そこまで考えてくれていて。行きます。行きたいです！」

テーブルの上には、少し時間が経《た》ってしまったからか、乾いたピザが一枚残っていた。私がもっと早く食べればよかったなと後悔していると千紗が、「最後もらい」とカピカピのピザを美味《おい》しそうに頬張《ほおば》り、「今が一番早い」とよくわからないことを呟《つぶや》いた。

○風間楓月《かざまかづき》

会話が聞こえる。今が何時かもわからなかったが、どうやら誰かが僕のカバンを教室から持って来てくれた様だった。

「ありがとね。風間くんに伝えておく」

「いえいえ、お願いします」

まだ寝起きでよく聞こえなかったが、女子の声だったので麗華《れいか》だと思い、起き上がってカーテンを開いた。

「ごめ……」

そこにいたのは、麗華ではなく、同じクラスで女子バスケ部の渡辺《わたなべ》友梨《ゆり》さんだった。

「風間くん、おはよう。もう体調いいの？」

渡辺さんは面長の輪郭に、透明感のある肌、綺麗《きれい》な鼻筋と口元の小さなほくろがどこか大人びた印象を与えている。

「あ、うん。だいぶ楽になった。荷物ありがとう」

「よかった。最後いなかった数学の授業のノート見る？　貸してあげる」

そんなに眠ってしまっていたのかと驚いていると、彼女は自分のカバンからノートを出して、僕に手渡してくれた。指は細長く、爪はバスケをやっているからなのか、綺麗に整えられていた。

「ありがとう」

僕がお礼を言うと保健室の先生は、「体調悪かったらいつでも相談しにきてね」と微笑《ほほえ》んでくれた。頭を下げてカバンを受け取り、渡辺《わたなべ》さんの後から保健室を出ると、今さっきお風呂に入ったかのようなシャンプーのいい香りが、彼女の髪の毛からふんわり香ってきた。僕がそんな考えに耽《ふけ》って立ち止まっていると、それに気づいたように、廊下に出た彼女が振り向き話し始めた。

「気にしなくていいからね。体育で中山《なかやま》に言われたこと」

「え」

思ってもみなかったその言葉に、驚きと戸惑いを隠せていないような声が出てしまった。

「部活でもそうなの。バスケのことになると、後輩にも厳しくて」

僕はなんて答えればいいかわからなかった。彼女があの体育の時間のことを、どこまで聞いているのか、なぜ僕を気にかけてくれているのかも。

「教室で何か聞いたの？」

彼女は短く息を吐いて、困ったような表情を見せた。

「島田《しまだ》と中山たちが話してるのを聞いちゃってさ」

「僕が悪いんだ。中山くんが怒るのも無理もないかなって。多分、ちゃんとバスケの試合がしたかったのに、僕が全然参加してなかったから」

「苦手なんでしょ？　バスケ。私だって体育が苦手な野球だったらサボりたいもん」

彼女はバスケ部なので、あまり嫌いだとかは言えなかったが、何故《なぜ》だろう。彼女ならそんなことを正直に伝えても、許してくれる気がしていた。

「けど、どうして渡辺さんが僕のカバンを？　あ、ほら、あんまり話したことないからさ」

僕はそう言いながら、一度も話した事がないのになぜあんまりと言ってしまったのだろうかと考えていた。

「れーちゃんに頼まれたの」

「れーちゃん？」

「羽鳥麗華《はとりれいか》。中学同じだったのよ」

「え、そうなの？　初めて知った」

「あんまり自分の話しないもんね」

麗華から中学が一緒だなんて聞いた事がなかったし、二人が話しているところすらも見たことがなかった。それにしてもなぜ麗華は、渡辺さんにお願いしたのだろう。

「じゃあ私、そろそろ部活行ってくるね」

「あ、ごめんね、忙しいのに。ありがとう」

「風間《かざま》くんは今日、軽音部の部活ないの？」

僕が軽音部だということを知ってくれていたのか、と思ったが、学校にギターを背負って来ているので、軽音部だと想像する方が自然なことだった。

「今日はない。明日《あした》なんだ」

「そう、頑張って。もしライブとかあったら誘って。私ライブとか見たことないから、行ってみたいの」

彼女には目で訴えるあざとさもなければ、身振り手振りで表現する無邪気さも見受けられない。かといって平坦《へいたん》で淡白な社交辞令的な物言いでもなく、やわらかな声のトーンや落ち着いたリズムからなのか、心地よさがあり、確かな興味も感じられた。

「あ、うん。誘うね」

「じゃあまた明日」

「また明日」

僕は彼女が体育館の方へ歩いていく姿を見送りながら、少し話し足りない気分になっていることに気がついた。

「じゃあ、次。『高架下』」

——ドッドッタンッタンッドッタン。

この曲は、僕の好きなバンド。ハジマリノハナシのアルバム曲。ドラムのパワフルなビートから始まり、続いてギターの歯切れいいサウンドとベースが入るのだが、この曲はサビに入るまでの平歌部分を歌うのが難しい。僕らのバンドは、麗華《れいか》がベースボーカルなので、ベースのフレーズを弾きながら歌うのは難しい曲でもある。

七月には軽音部主催の野外ライブがあり、そこで一バンド五曲ほどカバー曲や、オリジナル曲を演奏することになっている。なので、四月から七月にかけてのバンド練習はそのライブに向けての練習になる。

「オッケー。じゃあ次は来週の月曜日で」

練習時間はまだ十分くらいあるのだが、一応一通り曲は通したから、というような雰囲気を出しながら、ドラムの金山《かなやま》くんが立ち上がり、汗を拭きながらバタバタと片付け始めた。

「もう一曲合わせようよ」と僕はギターをチューニングしながら言った。

「ごめん、俺この後バイトあるんだわ。ちょっと急がないとダメで。じゃあお疲れ」

「そっか、お疲れさま」

金山くんがそそくさと帰った後、僕と麗華だけで、メトロノームに合わせて練習をしたのだが、ドラムがいないのでバンド練習ではなく個人練習に近い感覚だった。

「やっぱこの曲歌うの難しい。重田《しげた》さんが歌うからこそしっくりくる曲だわ」と彼女は呟《つぶや》いた。

「まあ、それがカバー曲の難しさだよね」

僕はギターを片付けながら、「そういえば」と切り出す。

「昨日、渡辺《わたなべ》さんに荷物お願いしてくれたの？」

「うん。私は用事があって早く帰りたかったのに、先生が楓月《かづき》の荷物を届けに行ってくれって言うから、友梨《ゆり》にお願いした」

「その時に聞いたんだけど、中学同じだったんだね」

「話してなかったっけ。二年間同じクラスだった」

「そうなんだ。渡辺さんって中学の頃どんな感じの人だったの？」

「どういう意味よ。質問下手くそね」

「初めて話したけど、不思議な魅力があるなって思って」

「不思議な？　具体的にどんな魅力よ」

「それがわからないから不思議、なんだよ」

「気になってるんだ、友梨のこと」

「気になるっていうか、いや、人としては気になってるかな。異性としてではないよ。異性としてってのもなんか違うな……」

彼女が、「なに言ってんの」と言い放って、ベースを背負ったとき、ソフトケースのポケットのジッパーについていたストラップがとれたのか、団子の様な丸いフォルムの顔に、黒い髭《ひげ》と赤い耳のついた小さなぬいぐるみが床に落ちていて、僕の目を見ていた。

「麗華《れいか》、ぬいぐるみ落ちてるよ」

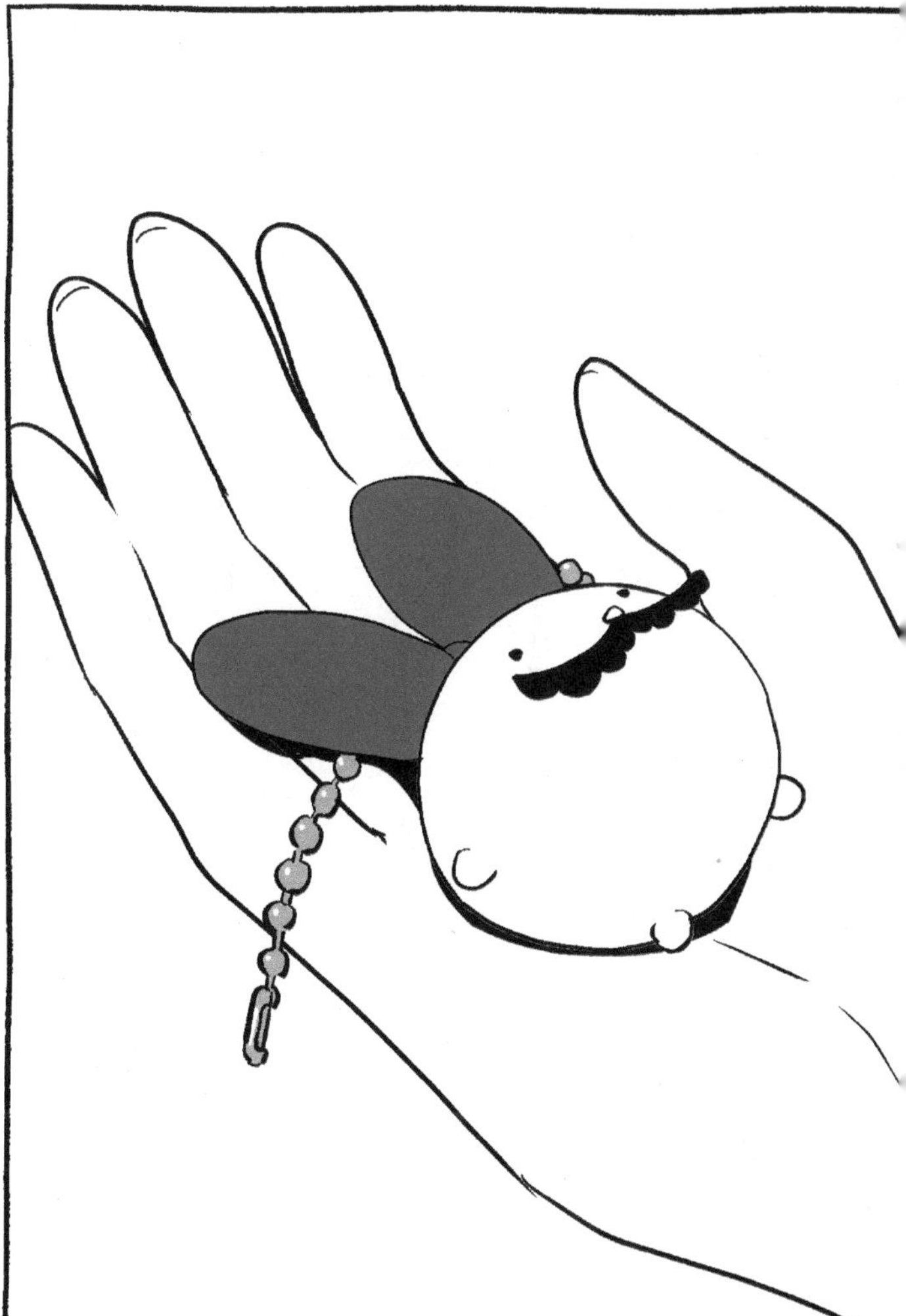

僕がそのぬいぐるみを拾い上げて、彼女に手渡すと、彼女はしばらくそのぬいぐるみを見つめてから、「これ、あげる」と僕に差し出した。

「くれるの？」

「うん。楓月《かづき》の方がこのぬいぐるみ似合ってる」

「えー。この髭《ひげ》うさぎが僕に？」

「自分の部屋にでも置いといて。捨てちゃだめよ」

今まで、それが何かなんて気にしたことなかったけど、高校一年生の頃からこのぬいぐるみをつけていたので、彼女にとって大事なものかと思っていた。そして、彼女が僕の手に渡ったこの髭うさぎを見つめる目は、どことなく寂しげだった。

「これ、なんかのキャラクター？」

「なんだっけな。忘れた。けど、その子は楓月の味方になってくれるよ」

「味方？」

「別に提案もしてこないけど、無理強いもしない。怒ったり泣いたりして、困らせる様なこともしないけど、喜ばせる様なこともしない。ただ、肯定してくれる。味方でいてくれる。そんな子」

僕が、「なに言ってるの」と言うと麗華《れいか》は、「不思議な魅力があるでしょ」と微笑《ほほえ》んだ。

その日、僕は夢を見た。

嘘《うそ》みたいに青い空に、一人でふわふわと浮かんでいる夢。

地上では数人の知らない人たちが僕を指差して、何か言っているが、僕には届かない。

そうこうしていると、三羽の白い鳥のような生き物が僕の方へ飛んできて、腕を掴《つか》み、無理矢理《むりやり》地上に降ろされてしまった。下にいた人たちがすぐさま駆け寄ってくる。

あっという間に囲まれてしまい、胸についていた『個性』と書かれたバッチを取られて、その中の一人が食べてしまった。すると、僕を囲っていた人たちが黄色く光りだして、みるみる大きくなって僕は押し潰されてしまった。

その瞬間、目を覚ます。自分の部屋のベッドの上で、電気をつけたまま両手を広げて寝ていたようだ。何かを確かめるために、両手をパタパタと動かしてみるが、体は少しも宙に浮かばなかった。

◇花山飛鳥《はなやまあすか》

普段、渋谷《しぶや》に足を運ぶことはないが、今日は真波《まなみ》さんと、ハジナシのライブを観《み》にきた。ハチ公口から出て、道玄坂《どうげんざか》を上っていくとお寿司屋《すしや》さんがあるので、そこの角を曲がるとライブハウスがあるそうだ。ライブを見るのも渋谷に来るのもかなり久しぶりだった私は、不安からなのか、ワクワクなのかわからない胸の高鳴りを感じていた。

スクランブル交差点を歩いていると、前から金髪で黒いジャージ姿のお兄さんが向かってくる。お互い左右に少しずれたので、ぶつからなかった。

その後ろから、スーツをきたサラリーマンが会社で何かあったのか、ひどく疲れ切った表情を浮かべながら向かってくる。私は右にそれたので、ぶつからなかった。私は何故《なぜ》か気になって振り返ってみたが、その人は人混みの中へ消えていった。

ライブハウスに着いたのはスタートの三十分ほど前で、周りには濃い化粧をしている男性や、全身にタトゥーが入っている女性など、奇抜な格好の人達《ひとたち》がちらほら見受けられた。

ハジナシのボーカルは最近になって、自分の性自認は男性ではなく女性だ、と公表しており、ファンのみんなにはありのままの自分でいてほしいと日々発信しているそう。

なので、そのメッセージに共鳴したファンは、本当の自分の姿でライブに訪れているようだ。その背景は知らずに、私も自分の好きな格好で来ていたので、居心地がいい。

三分ほど後に、真波《まなみ》さんがやってきた。

「ごめんね、待った？」

「いえ、私も本当にさっき着きました」

「よかった。じゃあいこっか」

受付でチケットを見せてから中に入ると、ファンの人達がグッズを買うために、物販に並んでいた。その表情はまるで、おもちゃ屋で新作のゲームを手に取って、レジに並んでいる子供のようだった。

受付では六百円のドリンクチケットを一枚購入する必要があったので、私と真波さんはバーカウンターでチケットと引き換えに、レモンサワーを二杯注文する。

フロアに入ると、そこはすでにファンの熱気で包まれており、このバンドが影響を受けたアーティストだろうか、パンクロック系の音楽が会場BGMとして流れていた。

「いいね、この感覚。みんなまだかまだかと待ち侘《わ》びてる。この時間が長ければ長いほど、始まる前の暗転の瞬間がたまらないんだよね」

「めっちゃわかります。きたーってなりますよね。今、すっごくドキドキしてます」

私の隣では、二人組の女性がツアーTシャツとタオルを首にかけた姿で、今日のセットリストの予想をしている。この日のために彼女らは、この会場にいる人たちは、辛《つら》い職場の人間関係も、思い通りに行かないことの連続も乗り越えてきて、ここに集まっているんだな。

「当たり前のことなんですけど、この会場にいるみんなってこのバンドが好きだから集まっているんですよね。間違いなく、最高な空間ですね」と私が言った瞬間、BGMが大きくなってフロアの電気が落とされた。

徐々にフェードアウトしていくBGMにライブの始まりを感じた私と真波さんは、目を合わせて小さく、「きたー」と声を漏らした。

オープニングSEが流れ、バンドメンバーが一人ずつステージに上がってくる。最後に、満を持してボーカルが堂々とセンターへ向かう。客席の歓声が徐々に上がっていくのが、ひしひしと感じられ、隣の二人組も、両手を上げて声を出している。

ボーカルがギターを肩にかけ、音が出るかチェックしている。確認できると、ボーカルマイクに口を近づけ叫んだ。

「ハジマリノハナシです、よろしく」

ボーカルの一言でSEが止まり、バンドが一斉に音を出して、会場の照明はバンドメンバーを照らし出す。響き渡る歓声、割れんばかりの拍手。始まったんだ。

——一曲目、突風。

タイトルコールと共に、ギターが攻撃的なリフを掻《か》き鳴らす。ベースの重低音が同じフレーズで重ね、ドラムが力強いビートを奏でる。この曲を一曲目に持ってくるということは、バンドの世界観の提示を意味している。

ステージの大きなスピーカーは、バンドの奏でた音を爆音でフロアに鳴り響かせ、耳からだけではなく、全身で吸収している感覚にさせた。最高速度で私たちに届くそれぞれの音色は、悩み何もかも消し去っていくほどの密度で突き刺さっていく。

やがてボーカルの重田《しげた》さんがこのサウンドの中でも埋もれない、抜けのいい中性的な歌声で歌い出す。一般的な男性より高めのキーで、メロディが聴き馴染《なじ》みのあるJPOP的なアプローチではなく、急なオクターブ飛びや、譜割の細かい機械的な部分も入れ、トリッキーな歌い回しになっている。

曲はAメロの後に、リズムやコード進行に変化をつけたわかりやすいBメロには行かず、演奏はAメロの雰囲気のまま、メロディだけ変化をつけてサビに向かう構成。

逆に、サビは王道なコード進行で爽快なメロディのため、それまでの平歌がサビのキャッチーさを引き立てていた。

間奏に入ると、ベースは一つ一つの動きを大きく見せ、ステージ上を広く使う、生き生きとしたパフォーマンスで、観《み》ているこちらも楽しくなってくる。

私はステージ上で輝くバンドを見て、気分が高揚すると共に、何故《なぜ》か悔しい気持ちになっていた。

自分たちの本当にやりたいこと、信じている方向へ全力で向かっていくものたちの音楽は、まだ何者でもない私へ直接語りかけているようだった。

ライブはかなりの盛り上がりを見せ、後半のバラードでは、真波《まなみ》さんが私に気づかれないように、そっと涙を拭っていた。

演奏が終わると、重田さんがMCで、「早いもので、残り三曲になりました」と言うと、フロアからは言葉にはしていないが、まだ終わって欲しくない空気が漂う。ボーカルの重田さんが、「それでは聞いてください」とタイトルコールをする。

――退屈

聴き覚えのあるイントロが流れる。どこかで聴いた曲。

そうだ、真波《まなみ》さんが新歓ライブでカバーしていた曲だ。

あの日、私は軽音部に入るか悩んでいた。

新歓ライブを見に行ったが、入部してどうするんだろう、どうせ高校の間だけで、卒業すれば続けられないんだから、意味ないものだと考えていた。

だけれど、この曲を初めて聴いて、真波さんのドラムを見て、気付けば私は真波さんに話しかけに行っていた。

曲はサビに差し掛かる。

『退屈な夜が嫌いなら
あなたが世界をかき乱せ
退屈な夜が嫌いなら
あなたが主役になる日だろう
回る　回る　それでも回る
時計の針に騙《だま》されるな
剥《は》がす　剥がす　かさぶた剥がす

痛みを忘れないように』

「ほんっと最高だったね」

「……はい」

ずっとまばたきをしていなかったのか、目が乾燥していることに気づいて、ギュッと目を閉じると、まぶたの中がジーンと熱くなり、徐々に潤いを取り戻していくことがわかった。

周りを見渡すと、さっきまで一つになっていた人々は、ゾロゾロとフロアから出て行きバラバラにはなっていたが、まだ興奮冷めやらぬ様子だった。私たちも続いて外へ出ようと歩き出す。

「どうだった？　ライブ」

「言いたいことがありすぎて。まだ頭の中で鳴り響いています」

「夢中になってたよ、飛鳥《あすか》。目なんかキラキラだったし。単純に聴きに来たファンのそれとはまた違う雰囲気で」

「やっぱりライブはいいですね。私、思い出してました。真波さんの新歓ライブ。ほんと楽しそうで、輝いていて美しくて。歌詞が、言葉がはっきりと入ってきたので、聴き入っちゃいました。多分みんな腕あげて盛り上がってるところ、私だけ棒立ちで聴き入ってたかもしれません」

保育士になろう、せめてちゃんとした職について、ママに心配かけないようにしよう。そのためには、音楽の夢をあきらめて忘れないと、いつまで経《た》っても割り切れないし、そんな中途半端な気持ちで子供を預かることは出来ないと考えていた。だけれど、今日でわかったのは、この気持ちを忘れる、なんて出来なくて、自分の本音を聞かないふりしているだけだったということ。

保育士になる自分にも、音楽をしたいって気持ちにも、ママとも正直に向き合っていきたい。そうしないと、いつかは壊れてしまうような気がしていた。

今日、スクランブル交差点ですれ違った疲れ切った表情のサラリーマンは、自分と向き合えず、何かを諦めて、無理をし続けていたのかもしれない。

鞄《かばん》を放り投げて、どこか遠い温泉街にでも行けるくらいの不真面目《ふまじめ》さが必要だったかもしれない。駅のほうへ向かっていったけれど、あの後、満員電車に揺られて家に帰ったのだろうか。家には家族がいるのだろうか。

一人でも、部屋でネクタイを外し、音楽に身を任せて踊ってくれていたらいいな。

私がもしライブするなら、あのサラリーマンも、公園の責任感のない父親も、みんな来てくれたらいいな。

直接私の音楽を、言葉を届けられるのに。

「真波《まなみ》さん、私、もう一度音楽と向き合ってみます。そうすれば保育のことにもちゃんと向き合える気がして。それからじっくりどうするか考えてみます」

「よかった。今日の飛鳥《あすか》、初めて話しかけてきてくれた日と同じ目してたもんね」

真波さんはどこかほっとした様子だった。

十分ほどかけて外に出た私たちは、二人とも渋谷《しぶや》駅から電車で帰る予定だったので、一緒に向かうことにした。

ライブハウスを出てほんの数メートルくらいの道端で、高校生くらいの男の子がひと回り大きいスーツ姿の男性に胸ぐらをつかまれている。何か口論をしているようだ。

「喧嘩《けんか》ですかね」

「怖いね。あれ……楓月《かづき》？」

真波さんは驚きを隠せない様子で、立ち止まった。

○風間《かざま》楓月

今日は僕が好きなバンド、ハジマリノハナシのライブを初めて見るため、麗華《れいか》と渋谷を訪れていた。

麗華は一次先着先行、僕は二次先着先行でチケットを入手できたので、朝はハジナシの曲のギターを練習しながら、このフレーズはライブだとどうなるんだろう、と期待に胸を弾ませていた。

僕らは十五時頃に渋谷《しぶや》駅西口のモヤイ像前で待ち合わせをした。ハチ公前に比べて人がかなり少ないのだが、モアイ像を彷彿《ほうふつ》させるその佇《たたず》まいが不気味だった。

ライブハウスは十七時に開場して、十八時からスタートだったので、早めに合流して、行ってみたかったカフェに行く約束をしていた。

カフェでは、板チョコを挟んだティラミスとハンドドリップコーヒーを注文し、「ここのコーヒーはシングルオリジンっていう、一つの農園で育てられた豆で作っているんだ。ほら、よく野菜とかでも私が育てましたって、顔写真が載ってるものあるでしょ？　普通コーヒー豆は色んな農園のものを混ぜて出荷されるから、生産者の顔がわかると、よりコーヒーも楽しめるよね」と麗華《れいか》に熱弁したところ、彼女はレモンソーダを飲みながら、「ふーん」とだけ言った。

開場の十分前くらいにライブハウスに着くと、既に数百人は並んでいた。

ハジナシのボーカルの重田《しげた》さんが常日頃、ありのままの自分でいる事を発信している影響か、中には化粧を施した男性も居る。みんな自分の好きな格好で、ここに来ているようだった。

「僕も化粧したり、ネイルを塗ったり、髪も結べるくらい伸ばして来たかったな」

「どうして？」

「小学校の頃、お姉ちゃんが持っていたゲームで、可愛《かわい》いらしい女の子のキャラの服装や髪型を自由にコーディネートして、歌のリズムに合わせて上手《うま》くダンスをさせるリズムゲームがあったんだけど」

「ああ、あったね」

「そのゲームがすごく好きだったんだ。可愛く着せ替えたキャラが画面上でキラキラ輝きを放ちながら踊っている光景に憧れてさ、よくお姉ちゃんの服を借りて、鏡の前で踊ってたな」

　憧れ。それは、僕にとって届く範囲のことではなく、フィクションの世界。

「好きな格好すればいいじゃん」

「簡単にいうよね、麗華は。もし、僕がそんな格好をしているところをクラスメイトに見られたらどーするんだよ」

　そんな格好、見られた時には学校ですぐに話が広まって、間違いなく目立ってしまう。

「別にどうもしないでしょ。気にしすぎ」

「もし、その格好で人前に出た時に、誰かが指を指して僕を笑っていたら、とか考えちゃうでしょ」

　もし、もし、もし。そう考えると怖くて、傷つくくらいならこの気持ちに蓋をして聞こえないフリをした方が楽だった。それは弱さなのかな。

――ここから逃げ出したかっただけだろ。

頭の中で中山《なかやま》くんの声が鮮明に蘇る。

「楓月《かづき》が考えているほど、他人《ひと》って自分のこと見てないわよ。見られてるって、自意識過剰じゃない」

「麗華《れいか》ってさ、なんでそんなに周りの目を気にしていないの」

「なんでって、そんなこと考えたこともなかったけど、私が他人に興味がないからかもね」

開場の時間になったので、スタッフがチケットの整理番号順に中へ誘導し始める。

「自分が他人の容姿とかを気にして見ているから、他人からもそういう風に見られてるって考えちゃうんじゃない？」

「それって、僕が悪いってこと？」

「楓月も、人を見た目で判断してるのよ」

「そんなことしてないし」

重田《しげた》さんが勇気を持って伝えているこのメッセージを、僕は受け止めて行動に起こせなかったのに、みんなはどうしてそんなに強いのだろうか。

学校では？　会社では？　家庭内では？　友達《ともだち》の前では？

羨ましかった。

ライブが始まると、僕は夢中になった。普段、イヤホンを通して聞く音とは違った、ライブならではの迫力、圧巻の一言だった。

演奏、パフォーマンス、カリスマ性。どれも僕が経験してきたライブとは、比べものにならない説得力があり、バンドメンバー間での伝えたい音楽と言葉が、脳のシナプスのように繋《つな》がって、何度も何度も繰り返されることで、より強固なものへとなっているからだ。

途中のMCで、ボーカルの重田さんがギターをつま弾きながら、「あなたには自分の好きな姿になる資格がある。本当にやりたいことをやる資格がある。だから、自分を嫌ってしまうような環境に身を置いてほしくはないんだ」と語っていた。

僕は、今、自分を好きになれているだろうか。嫌ってはいないだろうか。

会場の空気は一体となり、大きな一つの生物のようになっていたが、僕はその腹の中でうずくまっている感覚になった。

「よかったねライブ、やっぱり篠崎《しのざき》さんのベースはかっこいいし」と麗華は珍しく上機嫌な様子で話しかけてきた。

「ライブ自体は超よかったし、聴きたい曲も聴けたから嬉《うれ》しかったんだけど」

「あんた、また僕と比べると輝いていて羨ましくて、とか言い出すんじゃないよね」

「そうじゃないけど。いや、そうなんだけど……」

大勢の人が会場から外に出ようとしているため、僕らは流れに身を任せて、少しずつ進むしかなかった。

「重田《しげた》さんの言ってることは、素晴らしいし、僕もそうなりたいと思っているけど、みんながみんなそう割り切って、自分を出せるわけじゃないとも思うんだ」

「確かにそうだけど、あの人が言ってたのは、自分を嫌ってしまうような環境に身を置いて欲しくないってことでしょ？　私には楓月《かづき》が自分をわざと嫌っているようにしか見えない時がある。その環境を作っているのは楓月自身じゃん」

「そうなのかな……」と僕がばつの悪そうな返事をすると、「そうよ」と彼女は言った。

出口へ向かっていると、その流れの中で誰かが僕の靴を踏んでしまい、僕は躓《つまず》きそうになった。足元を見た時にはもう誰の足かわからなかったが、靴紐《くつひも》もほどけていたので、通路の脇へ寄る。靴紐を結ぼうと屈《かが》むと、白いスニーカーには黒い汚れが付いてしまっていた。

「最悪……」

「あんたがこんなところに白の靴を履いてくるからよ」

ライブハウスを出ると、辺りはもう暗くなっていた。

僕らは二人で駅のほうへ歩き出したが、前から歩いてきたスーツ姿の二人組の男性が、おそらくハジナシのライブを観《み》にきていた化粧を施したファンの男性の肩にぶつかって、「おい、当たったんだから謝れよ」とすごい剣幕《けんまく》でまくし立てているところに遭遇した。

どうやらかなり酔っ払っているようだ。

僕らがその横を通る時、「てか、なんだそのメイク。気持ちわる」とファンの男性に向かって、心無い言葉を浴びせていた。ああいう人がいるから、僕らの居場所はどんどんなくなっていくんだ。

僕は「あんなひどい人いるんだ」と小声で麗華《れいか》に言ったつもりが、さっきまでいたライブハウスの音量のせいか、耳がおかしくなっていて、思った以上の声量になってしまった。

麗華が咄嗟《とつさ》に口元で人差し指を立てて、「しーっ」と伝えるが、酔っ払いのサラリーマンはこちらを振り向き、近づいて来る。

「お前、今なんか言ったな」

「いえ、何も……」

「喧嘩《けんか》売ってんのか」

僕は胸ぐらを掴《つか》まれた。

まさか聞こえているとは思わなかったし、絡まれるとは思っていなかったので、どうすればいいかわからなかった。横にいたもう一人のスーツ姿の男性は、おいおいと言って、自分だけは冷静でいるかのように、笑いながら見ている。

「勘違いです、私たちの会話の流れで出た言葉なので」と麗華《れいか》が止めに入ってくれる。

相手は泥酔状態なので、もう何を言っても無駄だとわかっていたし、力で敵《かな》うわけもなければ、やり返す度胸も持ち合わせていない。

ただ、この惨めな状態を周りの人たちに見られている状況が恥ずかしくてたまらない。もうこのまま殴って、終わらせてくれる方がよかった。

酔っ払いの男性の顔が近く、お酒の匂いがする。

僕が二十歳になっても、お酒は飲まないでいようと考えていると、視界の端の方から誰かが近づいてくる。

「楓月《かづき》、どうしたの」

「……お姉ちゃん？」

声をかけてきたのは風間真波《かざままなみ》、僕の実の姉だった。隣にはもう一人女性がいる。

「あの、弟が何かしましたか」

「は。姉ちゃん？　何かってこいつが喧嘩《けんか》売ってきたんだよ」

すると、さっき絡まれていたファンの男性が、「僕とこの人の肩がぶつかってしまったのですが、なぜか彼がとばっちりを受けてしまって。申し訳ないです」と状況を説明してくれた。

その様子を見かねてなのか、お姉ちゃんの横にいた派手な服装の女性が眉間に皺《しわ》を寄せながら、酔っ払いの男性と僕らの間に入ってきた。

「この方も謝罪しているし、もうそれでいいでしょ。いい大人がこんな道端で年下相手に怒鳴ったりして恥ずかしくないんですか?」

「な、なんだお前。関係ねえだろ」

酔っ払いが女性の勢いに圧倒されて焦《あせ》りを感じたのか、威嚇するかのように大声を出したので喧嘩が始まったのかと、周りに野次馬《やじうま》たちがゾロゾロと集まってくる。

中には明らかにスマホで動画をとっている人もいて、その様子を見たもう一人のスーツの男性が流石《さすが》にそろそろ引いた方がいいなと思ったのか、酔っ払いの男性を止めに入った。

「おい、もう面倒だろ。人も来たし、そろそろ行こうぜ」

「ちっ」

酔っ払いの男性は舌打ちをして、こちらを睨《にら》みつけると、この場を去っていった。

「楓月、大丈夫?　何があったの」

「ハジナシのライブを見にきてたんだけど、外に出たら酔っ払いに絡まれちゃって、怖かった……」

周りの野次馬たちは、何も起こらなかったからなのか、残念そうに散っていく。こんな所で絡まれたのは初めてだったので、僕の手はまだ震えていた。

「楓月もハジナシのライブ見にきてたんだ。私たちもライブが終わって帰ろうと思ってたら、楓月《かづき》が絡まれているからほんとびっくりした。あ、この子は私の後輩の飛鳥《あすか》」

「初めまして、花山《はなやま》飛鳥です。私も真波《まなみ》さんが、弟が知らない人に胸ぐらを掴《つか》まれてるって駆け出していくからびっくりしちゃいました」

「お姉ちゃんたちもハジナシのライブを見にきてたんですね。でも、おかげさまで事が大きくならずに済みました。ありがとうございます」と僕は飛鳥さんにお礼をした。

「見ていたらだんだん腹が立ってつい横入りしちゃった。なにあの酔っ払い」

お姉ちゃんの友人の飛鳥さんは、まだ納得がいってないような表情で酔っ払いたちが消えていった方を眺めている。

僕らは簡単に自己紹介しつつ、四人で渋谷《しぶや》駅の方へ向かった。夜の渋谷はまだまだ人で溢《あふ》れかえっていて、僕らとは逆方向に歩いて行き、渋谷の街に消えていく。

そんな人々の居場所を無くさないためにも、街は輝きを放ち、電車は日付が変わっても走り続ける。

何を求めてここにやって来るのだろう。僕は重田《しげた》さんの言葉を思い出していた。

――自分を嫌ってしまうような環境に身を置いてほしくはないんだ。

この街は、多様な価値観や文化が受け入れられて、すれ違っていく街で、居場所のない者たちも流れ着くような場所だと思っていた。なのに、今日みたいにぶつかることもある。だとすれば、僕の居場所はどこにあるのだろう。

四人で電車に乗り、代々木《よよぎ》で総武線に乗り換えるために一度降りると、人混みに流され、お姉ちゃんと麗華《れいか》が少し前に、その後ろに僕と飛鳥さんの二人組になってしまったのだが、飛鳥さんが僕に話しかけてくれた。

「楓月くん、高校生でギター弾いてるんだよね？　真波さんからなんとなく話は聞いてて。実は私もギター弾いてたの」

「一応軽音部でバンドを組んでいて。そこにいる麗華もバンドメンバーなのですが、飛鳥さんもギター弾いてるなんて、奇遇ですね」

「軽音部なんだ。私も高校生の頃は軽音部だったよ。真波さんと。ほんと奇遇だね」

彼女は全身黒の皮素材のコーディネートで、首のチョーカーから気の強そうな雰囲気を感じたが、比較対象がなくともわかるくらいの小顔にパッチリとした二重で、服装のかっこよさとは違った、可愛《かわい》い顔立ちをしていた。

話す時には僕の目をしっかり見て、ちゃんと相手の話を聞いてくれている姿勢も好印象だった。一つに束ねた長い黒髪は、羨ましいほど艶《つや》やかだ。

「ギターは何を持ってるんですか？」

「フェンダーのテレキャスターだよ」

「え。僕もフェンダーのテレキャスターです」

「また一緒だね。色は赤みのかかったオレンジ色で、ピックガードは黒に変えてるんだ」

「渋いですね。僕のは白色です」

それから僕らは最寄りの駅に着くまで、ずっと音楽の話をしていた。

飛鳥《あすか》さんの雰囲気からだろうか、趣味嗜好《しこう》が似ているからだろうか、さっき知り合ったとは思えないほど自然に会話ができていた。

僕にとって、この電車内は、どの街よりも居心地がよかった。

2

学校や社会では、なるべく異質さを取り除いた方が、調和の取れた平和で健全な世の中になると考えられている。

たまたま多数派に属してしまったが故に、他人の抱える複雑な問題を冷静に処理できない〝一般的〟な人たちは、自分たちが管理しやすいように物事を簡略化する。

個性を尊重すると謳《うた》っている学校の指定の制服。パートナーの有無で幸せかどうかを判断する親や友人。結婚や子作りの予定はあるかと問いかける面接官。

想像力の乏しさは悪意がない弾丸と化して、時に好意で人を傷つけてしまう。言葉の弾丸は一度撃たれてしまうと、身体《からだ》に溶け込んでしまう性質があるため、取り出すことが出来ない。

言葉から身を守るために心を閉ざす行為は、自己防衛心の正常な働きだった。

◇花山飛鳥《はなやまあすか》

クローゼットから黒色のセミハードケースを取り出す。

床に置いてからゆっくりと開くと、夕焼けのような色のギターがすっぽりと収まっている。

左手でネックを握り、右手でボディを掴《つか》んで持ち上げ、お腹《なか》の前で抱え込む。細長いネックを握った左手の指は、寄り添うかのように形を変え、ピッタリと馴染《なじ》んだ。

三弦の一フレットを人差し指。四弦の二フレットを中指。そして、五弦の二フレットを薬指で押さえると、指先に弦が食い込み心地よい痛みを感じる。この形はEメジャーと呼ばれるコードで、いつもギターを弾くときは初めにこのコードを弾くと、ギターが明るく伸びのいい響きを奏でて目覚めてくれる気がしていた。

ピックが見当たらなかったので、右手の爪をピックのようにして弾くと、とてもEコードとは思えない、不揃《ふぞろ》いでくすんだ音が鳴る。

真っ暗なケースの中でかなり長い時間眠っていたので、私のギターはまだ寝ぼけているのかと思ったが、そんなはずはないのはすぐに理解した。

それもそのはずで、一年以上ケースの中で放置していたため、チューニングがかなり狂っており、弦もかなり錆《さ》び付いている。代えの弦はなかったのでとりあえずチューナーを使い、チューニングを整える。

一番細い一弦から順に人差し指で弾《はじ》くと、本来、ミの音のはずがチューナーの針は、レより少し低いところを指していた。何度か弾きながらギターのヘッドについてあるペグを回すと弦の張りが強くなり、徐々に音が高くなっていく。

あなたはここで、あなたはこの位置だよと一つ一つ音を合わせていく作業は、まだ寝ぼけている子供を起こして着替えさせているかのような感覚になった。

全ての弦のチューニングが整ったので、もう一度弾くと、今度は聞き馴染みのあるEコードの音が鳴り響く。

一年以上のブランクがあるため、別のコードへの切り替えはぎこちなく、途切れ途切れではあるが、コードを押さえる複雑な左手の形は、何故《なぜ》だか思い出すというプロセスを踏まずに自然と出来た。

私が持っているこのギターはエレキギターなので、アンプに繋《つな》いでいないと温《ぬく》もりのない弦の無機質な振動音が部屋の中に響いているだけだった。

クローゼットから自宅練習用の小さなアンプを取り出し、ケーブルを差し込んだ。電源を入れボリュームを上げると、ジリジリと鳴り始める。

またEコードを弾いてみると、さっきまで無機質だった音とは全く違う豊かなギターの音がアンプから鳴っている。

何も考えずに、ただただ掻《か》き鳴らしてみると、私の伽藍堂《がらんどう》な心を埋め尽くしてくれる感覚になった。

ただ音楽を聞いているだけでは満たされなかった渇きが、自分の奏でる音によって潤っていく。たったこれだけのことだった。

意地を張って見ないふりしていた自分もまだまだ子供なんだ。

部屋の中で鳴り響くギターに夢中になっていたのか、いつも聞こえてくる一階のリビングの扉が開く音や、階段を上がってくる低い足音に気づかないまま、突然私の部屋の扉が開かれた。さっきまで頭の中で広がっていた音像は、一瞬にして雲散霧消してしまう。

わざとらしいため息が聞こえ、カチッというスイッチ音と共に部屋が明るくなると、目の前に立てかけてあったスタンドミラーに自分の顔が映し出された。その表情は、集中して見ていたテレビを突然消され、真っ暗になった画面に反射して映し出された時のような、情けない表情をしていた。

左側に顔を向けると、ママが呆《あき》れた様子で佇《たたず》んでいる。

「電気くらいつけなさいよ。目、悪くなっちゃうわよ。あら、ギター弾いてるの久々じゃない？　もう飽きちゃったのかと思ってた」

真波《まなみ》さんとハジナシのライブを見た後、私はもう一度音楽に、ギターに触れてみようと強く思った。

私はあの瞬間をずっと待っていたのかも知れない。ずっと誰かに背中を押される瞬間を。ハジナシの音楽には間違いなくその力があった。

ならなぜ、こんなにも情けない表情をしていたのか。

私の心臓は焦《あせ》りを伝えるためかいつもより大きく、速く胸を叩《たた》いている。まるで悪いことを隠しているときのような気持ちだった。

そのとき、自分がまだ怖がっていることに気がついた。ママに対して、後ろめたさを感じていることを体は正直に伝えている。

でも、ハジナシの重田《しげた》さんの言う通り、自分を嫌ってしまうような環境にはもう戻りたくはない。

「この前、好きなバンドのライブ見に行ってさ。めちゃくちゃかっこよくて、それで私もまた音楽やりたいなって。いつかライブもしたいなって」

「そう。それはいいけど、ママはやっぱりライブより飛鳥《あすか》の彼氏が見たいな。もう二十歳にもなるんだから、彼氏の一人や二人見てみたいわ」

またただ。何度も繰り返してきたこの話。

「どうして音楽の話からそうなっちゃうの。何回も言ってるけど、恋愛とか興味ないの」

「いい人と出会ったらそんな考え方すぐ変わっちゃうって。休みの日に部屋に篭《こも》ってないで合コンとか行ってみれば。あ、今の子は合コンなんて呼び方しないかしら」

「そんな問題じゃないの」

「はあ。それならちゃんと就職しなさいよ。いつまでも面倒見れないんだから」

「わかってるよ、そんなこと」

普通に働いて、普通に結婚して、自分の自由な時間を全部使ってちゃんと子供を育てあげた人には多分一生理解されないだろうなと思っている。

今の私がこうして生きているのも両親のおかげだが、この息苦しさをわかってほしい相手でもあった。

「今からおばあちゃんの家行ってくるね。さっき電話があって、エアコンが壊れたかもしれないから見てくれって。もう七月だし熱中症になっちゃうと危ないし」

ママは私の返答を待たず矢継ぎ早に、「晩御飯もう作ってあるから先にお父さんと食べてちょうだい」と言い残し、部屋の扉を閉めて下へ降りていった。

父方の祖父母は、自宅から自転車で五分ほどのところに住んでいる。

お兄ちゃんが生まれる前に祖父母の家をリフォームして、一緒に暮らす話もあったらしいが、パパが近くにマイホームを建てようと言ったらしい。

最近はおばあちゃんの足腰も悪くなり、おじいちゃんも運転免許証を自主返納したため、大量に買い溜《かだ》めをする際や、今回のエアコンのように日常生活で困った時には、ママに連絡が来るようになっている。

就職。自立。音楽。私の目の前に立ちはだかる、現実世界の切っても切れない問題。後回しにしていた処理できていない問題を整理しないと、決断すべき日に迷いが生まれてしまうことはわかっていた。

ふと時計を見ると、午後七時を回っており、リビングで私が降りてくるのを待って、お腹《なか》を空《す》かせているパパを想像した。

ついさっきまで、音で満ちていた私だけの世界は、冷たい昼光色の照明によってぶつ切りにされてしまい、窓の外から昼間のピーク時に参加できなかったのか、数匹のセミの鳴き声だけが聞こえてくる。

今からギターを弾いても、また自分だけの世界に入れる気がしなかったので部屋を出ると、一階からカレーの匂いが漂ってくる。リビングに入ると、ソファに座っていたパパが振り向いて、待っていましたと言わんばかりの表情を浮かべている。

「お、カレー食べるか?」

「食べる」

パパが立ち上がり、腰に手を当てて体を捻《ひね》ると、ポキポキと音が鳴り長時間同じ体制だったことが窺《うかが》えた。

キッチンの方へ向かうと、カレーの入った鍋を温め、冷蔵庫からサラダを取り出す。サニーレタスにプチトマトや、食べやすいようにカットされたゆで卵がのっている。

「これ、テーブルに運んでおいて」

私はサラダと取り皿の運搬を任されたが、何もせずとも当たり前に食事が用意されていることについて、今まで不思議に思わなかったのは何故《なぜ》なんだろう。

この状況は、私が今まで与えられてきたものを、ただただ受け取ってきただけという事実を浮き彫りにする。

「いただきます」

花山家《はなやま》では、私とパパがご飯とルーをごちゃ混ぜにした状態で食べる派なのだが、ママはご飯とルーを綺麗《きれい》に分けた状態で混ぜずに食べていた。わざわざご飯をすくってからルーにつける食べ方は二度手間だし、どうせ口の中で混ざることになるのに。

「飛鳥《あすか》、そういえばさっき」

パパは話し出したものの、まだ口の中に残っているカレーを飲みこめていなかったので、会話は中断されていた。子供がそれをすると、飲み込んでから話しなさいと怒られているところだ。

私は相槌《あいづち》をうたなかったが、テレビから聞こえてくる、特に毎週見ているわけでもないバラエティ番組がBGM代わりになって、空白を程よく埋めてくれる。

「ギター弾いてたよな。なんか弾いているの、久しぶりな気がする」

カレーを混ぜる私の手が止まる。

「うん。なんだか急にまた弾きたくなっちゃって」

「あれだけ弾いていたのに、急に弾かなくなってたからちょっと悲しかったけど、またやる気になったようでよかったよ」

　私はカレーを一口食べるとすぐに視線をテレビへ移した。こういう時、テレビの存在をありがたく感じる。視線の逃げ道になったその画面からは、最近見なくなった芸人さんが、一発屋だということをスタジオでイジられて、笑いが起こっている。

「最近、カレーに納豆入れて食べるのハマってるんだよな」

　パパは席を立って冷蔵庫を開けると、「飛鳥も食べるか？」と聞きながらすでに納豆を二パック手にとっていた。

「え、美味《おい》しいのそれ」

「これが意外といけるんだよ。タレもカラシも入れたほうが美味しいよ」

　カレーをアレンジするほど元の味に飽きたわけではないのにな、と思いつつも手渡された納豆はすでに開けられていたので、渋々食べることに。

　最近ハマっている、と言っていたが、家でこのアレンジをしているところは見たことがなかったので、外で食べたのか。

　ふと、お兄ちゃんがまだ家にいた頃、家族で外食に行ったことを思い出す。私とお兄ちゃんはその店の看板メニューを二人揃《そろ》って注文していたのだが、パパはみんなと被《かぶ》らないような料理を注文していた。

「納豆を乗せ、カレーと混ぜたら完成。ほれ食べてみ」

私が一口食べてみるとお父さんはすぐに、「どう？」と聞いてきた。

「うーん。私は別々がいいかな」

「そうか」

パパが微笑《ほほえ》むと、両頰《りょうほお》に納豆がすっぽり収まるくらいのエクボが現れた。納豆もカレーも好きだけれど、合わせればなんでも美味《おい》しいわけではないことを再認識する。

テレビから一発屋いじりをされている芸人さんの声で、『俺が消えたんじゃなくて、お前らが俺を見なくなっただけだろ』と叫んでいるのが聞こえてくる。

「そういえば、まだ聞いてるよ」

「え？」

「飛鳥《あすか》が初めて作った曲」

私が初めて作った曲。確か高校一年生の頃。

別に作曲を誰かに教わったわけじゃないけど、真波《まなみ》さんに作曲はしないのかと聞かれたことがきっかけで、なんとなく鼻歌で歌っていたメロディをスマホに録音し始めた。

色んな曲をコピーしていると、ある程度コードとメロディの関係性や、コード進行という時間経過の中で変化するコードの規則性みたいなものが身体《からだ》に染み付いて、鼻歌に対して簡単な伴奏をつけることが出来た。伴奏をギターで弾きながら鼻歌を歌うと、自然と言葉が当てはまっていく。

ただ、自分が歌っていて気持ちいい言葉を羅列していただけなので、前後の整合性が取れていない状態であった。その土台を元にテーマを決め、歌詞を書いていく。

そうして出来上がった曲を真波さんと組んでいたバンドに聴いてもらうと、思いの外好評だったのでパート毎に楽器をつけてくれることになった。

初めてバンドで合わせた時の衝撃は今でも忘れられない。

ドラムが加わることで曲のノリやテンション感が一気に変わり、そこにベースが乗ることで今までふわふわと宙に浮いていた曲の重心を、しっかり下の方で支えてくれる安心感。その上で私が歌うと、最後のピースがハマった感覚に気分が高揚し、歌が前のめりに早くなってしまった。

その時、真波さんが私に、「歌が走ってるよ。落ち着いて」と言ったのを覚えている。

この曲を高校の近くの音楽スタジオで簡易的ではあるがレコーディングし、ＣＤに焼いたものをパパにも渡していたんだっけ。

「懐かしいね。今聴くと、私の歌声とか歌詞の当てはめ方とか拙くて、恥ずかしくて聴けないだろうな」

「そんなことないさ。ちゃんと曲として成り立っているし、メロディも耳にのこる心地よさがあって、とても高校生が初めて作った曲には思えないよ」

「褒めすぎ。自分の娘がってフィルターがかかってるでしょ」

「こう見えて、人並み以上には音楽を聴いてきたという自負があるから」

「そんなの人それぞれの好みだけどね。この納豆カレー微妙だし」

パパはわざとらしくごくりと音を立てて、コップの麦茶を飲み干した。

「もう曲は作らないのか」

「どうかな。気が向いたらね」

「俺はな、飛鳥《あすか》がやりたいことをやればいいと思ってるよ」

「え」

「ママと俺は結婚相談所で出会ったんだ。お互いなかなかパートナーが見つからないまま、どんどん歳をとっていくことに焦《あせ》りを覚えていてな。ママは登録してから二年くらいで俺と出会ったんだけど、だからこそ理想の相手を見つけるのがいかに難しいかを痛感している。多分、ママはかなり妥協して俺を選んだのだろうけど」

その言葉に応答するかのように、テレビから笑い声が聞こえてくる。

「俺たちには結婚する以外に人生の選択肢がなかったんだ。何か特別やりたいこともなかったから。それがママにとっての〝普通〟だったんだ」

中学一年生のバレンタイン前日。ママに誰かチョコを作る相手はいないのかと聞かれたので、私は正直に異性に興味がないということを打ち明けた。

ママは、私が何を言っているか理解できない表情で瞬《まばた》きを二回したのを覚えている。

あなたが大人になったら結婚相手を見つけて二人で暮らしていかなくちゃいけない。だから今のうち沢山恋愛しておいた方が将来役に立つの、とまるで間違いを正すかのような口調で言い放った。

その夜、トイレに行こうと部屋から出ると、一階のリビングから話し声が聞こえてきたのでそーっと階段を下り、聞き耳を立てているとママの声が聞こえてきた。

——あの子を普通に育ててやれなかったのかしら。

それからママとは素直に話せなくなった自分がいた。

「そうなんだ。今でも私には恋愛ってものがわからないんだけど、心配かけたくないって気持ちはあるの。だからせめて普通に就職して、自立した姿は見せたいなって。でも、音楽もまたやりたいなって思えてさ。また曲は作ってみるね」

私はまた納豆カレーを食べたが、味に慣れてきたのか一口目より美味《おい》しく感じられた。

○風間楓月《かざまかづき》

夏は僕にとって最悪の季節。肌を焼くほどの強い夏の日差しは、僕らの頭上から残酷なほど平等に降り注ぐ。普段開かない毛穴たちも活発にさせるので、ギターを背負う背中はもちろん、肩からも汗が滲《にじ》み出す始末。

その日差しに焼かれないように、夏でも長袖を着たり、日焼け止めを丹念に塗る努力を文字通り水の泡にするプールの授業もついに始まった。

学校に着いた時にはすでに、水をかぶったように濡《ぬ》れてしまったシャツをパタパタとさせながら教室に入ると、クーラーの冷たい風が溢《あふ》れ出した。もったいないのですぐに閉め席へ着くと、渡辺《わたなべ》さんが僕の方へ近寄ってくる。

「風間《かざま》くん、おはよう」

「あ、おはよう」

「この前教えてもらったハジナシ、聴いたよ。すっごく好みで、ハマっちゃった」

「でしょ！　よかった。なんだか嬉《うれ》しいな」

以前、渡辺さんに借りたノートを返した時、おすすめのバンドを教えてと聞かれたのでハジナシをおすすめしていた。こういう時、どうせ聴かないいんだろうなと思っていたが、ちゃんと聴いてくれたうえ、気に入ってくれたことに僕は素直に喜びを隠せなかった。

「突風とか、最初から突き刺さって来る感じで、一発で心掴《つか》まれちゃった」

「あのイントロいいよね。ギターのリフがめちゃくちゃかっこいいんだよ」

「リフって？」

「あ、ごめん。印象的なフレーズが繰り返されることかな。曲始まりに流れてくるあのフレーズはギターで弾かれているんだ」

「なるほどー。あれがギターの音なんだ。風間《かざま》くんも弾けるの？」

渡辺《わたなべ》さんの瞳はしっかり僕を見つめている。とても澄んだ瞳。その奥で、僕がどのように映っているのか気になっていた。

「音源やライブみたいにカッコよくは無理だけど、なんとなくなら弾けるよ。ギタリストはみんな弾きたくなるようなフレーズなんだよね」

「すごい。今度聴かせてよ」

僕は何故《なぜ》か、彼女の目を見ていられなくなって、痒《かゆ》くもないはずの目をこすり、視線を逸《そ》らせてしまった。

「もちろん。練習しておくね」

「楽しみにしてるね」

丁度チャイムが鳴り始めたので、彼女は自分の席に戻って行く。まだ、外の暑さで体に熱が溜《た》まっていたのか、顔が火照《ほて》っているようだった。

「あ、やべ。いきなり水泳帽わすれた。プール入れねえじゃん。他のクラスで今日の体育水泳のとこなかったっけ。借りに行ってくる」

島田《しまだ》くんが何故かみんなに聞こえるくらいの声量で、自分の忘れ物を伝えている。僕にはわざわざ借りに行ってまでプールに入りたい意味がわからなかった。

プールは、学校の授業で、最も男女の違いを感じさせられる時間。あなたは男子で、あなたは女子ね、と明確に分けられ、改めて自分の性別を認識させることがこの授業の目的なのかな。

以前、僕と同じような気持ちの人はいないのかと気になって、『プール　嫌い』とネットで調べたことがあった。すると、プール授業が全員参加であることに対して違和感を覚えた記者が、学校に対して取材を行った記事を見つけた。

記事では、その学校の体育の先生が、「水着や肌の露出について悩んでいる生徒がいれば、個別に対応し、出来るだけの配慮はしている」と答えており、僕はがっかりして記事を閉じた。他人にその事を話せないから悩んでいるんじゃないか。

少なくとも僕の学校の体育の先生は、とても話せる雰囲気ではない。それも、自分の悩みを打ち明けることが、問題の解決につながるとは限らない。

もし、悩みを打ち明けて配慮され、プールの授業で一人だけ上半身まで隠れる水着を着用することになってしまえば、目立つのはその配慮された生徒の方だ。いつだって僕らは、はみ出し者だった。

「お前ら、なにタオル巻いて着替えてんだ。男なら、こうやって着替えろ」

島田《しまだ》くんがみんなの前でパンツを下ろして、堂々と着替えを始めている。

女子は更衣室が設けられているのだが、男子は腰に巻けるタオルを着用して、教室で着替え上から体操服か制服を着てプールに向かう。僕は教室での着替えをなるべく避けたかったので、あらかじめ家で水着を着てからパンツを穿《は》いて、制服を着ていた。

その姿を見た島田くんが、「あれ、風間《かざま》。お前、水着穿いて学校来てんの?」とわざわざ指摘してきたので、「この方が楽だからだよ」と嘘《うそ》をついた。

「確かに。頭いいな。俺も今度からそうしよ」と島田くんは納得している。

どうやら、なんとか乗り切ったようだ。

学校指定の水着は、海パンのようなラフなものではなく、水の抵抗を減らすため身体《からだ》にできるだけフィットした、水泳に特化した水着だ。その水着もプール嫌いの理由の一つになっていることを、体育の先生は理解してくれないだろうな。

僕の学校では五十メートルプールを半分に区切り、男女分かれて授業が行われている。

区切られたプールは手前が女子、奥が男子なので女子の前を通っていく。

僕の少し前に中山《なかやま》くんの大きな背中が見える。その隣を歩いている少し小柄な大野《おおの》くんと比べると、その差はもう今後縮まることがないように思えた。

「おい、大野。今、女子の方じろじろみてたろ」

「は?　見てねーし。プールに沈めるぞ」

「お前なんかに沈められるわけねーだろ」

「なんだよその自信。うぜー」

二人が話しているのを聞いていると、何故《なぜ》お互いそんな荒い口調で喧嘩《けんか》にならないのかがわからなかった。

準備運動を終えプールに入ると、冷たい水に汗と語彙力が流されたかのように、きもちー、つめてー、と各々感じたことをそのまま声に出している。

「それじゃあまず、水中で十秒間息止めてみろー。いくぞ」

先生がホイッスルをピーっと鳴らすと、皆、一斉に潜っていく。僕も大きく息を吸って潜っていく。外から聞こえる音の解像度が低くなっていき、世界は丸みを帯びていく。

──1、2、3、4……

ゴーグルを付けていたにもかかわらず閉じていた目を、なんとなく開けてみる。皆、息を持たせるため無駄な体力を使わないようじっと耐えている中、中山くんの背後へ大野くんと島田くんが、ゆっくり近付いているのが見えた。

すると、大野くんが中山くんの水着を脱がそうと手を伸ばす。しかし、中山くんは流石《さすが》の反射神経ですぐさま水着を手で押さえ、必死に抵抗している。水中なので二人の動きがスロー再生に見える。がっちりと掴《つか》まれた水着を脱がすことはもう出来ないと思ったのか、大野くんが手を離した瞬間、島田くんが両手を合わせ人差し指と中指だけを伸ばした。

あれは、おそらく浣腸《かんちょう》だ。中山《なかやま》くんは水着を必要以上に上げていたので、浣腸すべきポイントは明確に示されている。そして、島田《しまだ》くんの指が中山くんのお尻に刺された瞬間、試合終了の合図のようにホイッスルの音が聞こえてきた。

「大野《おおの》、島田。てめーらやりやがったな」

「はは、でも水中だから勢いでなかったわ」

「おい、大野、島田、中山！　お前らふざけてると成績下げるぞ」

「いや、先生違うんです。こいつが」

「言い訳するな。じゃあ次はクロールで二十五メートル、帰りは平泳ぎでな」

一部始終を見ていた僕は、中山くんを少し不憫《ふびん》に思う。

今度は各レーンに二人ずつ並んで、順番に泳いで行く。僕はクロールの息継ぎが苦手な為《ため》、なるべく一息で泳げるようにしている。僕がなんとか泳ぎ切った後、中山くんと水泳部の柴田《しばた》くんがどうやら勝負をする雰囲気になっていた。

運動神経がいい中山くんは、水泳部とも張り合えるくらい泳ぎも得意なのか、と考えると僕が中山くんに勝てることなんて一つもない気がしてくる。

授業の水泳では、飛び込みは危ないので、プールに入った状態で泳ぎ始めることになっていた。

「柴田、やるなら本気で泳げよ」

「バスケ部の中山に負けたら水泳部としての恥だわ」

先生がホイッスルを咥《くわ》えながら、「準備いいか、始めるぞ」と言った。ピーっと開始の合図が鳴る。

皆が一斉に水の中に消え、壁を蹴って蹴伸びの状態である程度勢いがついた後、クロールのフォームに入った。この時点で、他のクラスメイトより中山くんと柴田くんはかなり進んでいた。水飛沫《みずしぶき》が太陽の光に反射し、キラキラと輝いている。

五十メートルプールをコースロープで半分に区切っているだけなので、反対側の壁を蹴ってターンはできない。どうやら区切っているコースロープにタッチした方が勝ちといったルールらしい。

あっという間に残り十メートル程だが、中山くんと柴田くんの差は、ここからでは分からないほど、横並びだった。

ふとコースロープの向こう側を見ると、中山くん側のレーンでその勝負の様子を窺《うかが》っている渡辺《わたなべ》さんがいた。彼女はこのレースを見ているようだ。

残り数メートル。プールサイドへ腰掛け、足だけ水に浸《つ》かっている状態なので、僕の上半身はジリジリと焼けていく。

しかし、そんなことはもはや気にならない程、僕は渡辺さんから目が離せなかった。

「あっ」

中山《なかやま》くんが水から顔をあげ、拳を上げている。

柴田《しばた》くんの方は見ていなかったので、どっちが勝ったのか分からないが、渡辺《わたなべ》さんが拍手しながら中山くんに近づいて、笑顔でハイタッチをしている。

その瞬間、僕は反射的にその光景から目を逸《そ》らせていた。それは今日、渡辺さんの目から逸らした時とは違った速度で。

周りから誰かの声で、「すげえな中山」と聞こえてきくる。どうやら勝ったのは中山くんの方で、負けたのは柴田くんらしい。僕は柴田くんを応援していた訳でもないのに、何《な》故《ぜ》か悔しい気持ちになっていた。

残酷なほど平等に降り注ぐ太陽の光から逃げるように、僕はプールの中へ沈んでいく。


コンコン。部屋の扉がノックされるような音。

「はい」

「楓月《かづき》、入っていい？」

お姉ちゃんの声のような音。

「どうぞ」

ガチャ。扉が開くような音。

「今、大丈夫？」

「うん」

「さっきご飯の時、あからさまに元気がなかったから、なにかあったのかなって」

「いや」

「なんか学校であったの？」

　ぼんやり右から左へと流していたお姉ちゃんの言葉が、頭の中で引っかかる。

「え、なんで」

「楓月、昔から嫌なことがあったらすぐ顔に出てたから分かりやすいよ」

「そんなつもりはなかった」

　嫌なことがあっても、なるべく表に出さず、何事もなかったかのような顔をしているつもりだった。

　しかし、自分では気づいていないだけで、家では態度にでていたのか。思い返せば小学校の頃、学校の集団活動における違和感や、悩みなどは家族に話していた。その度に、僕が自分のことを異物だと考えていることを、家族は否定してくれていた。

　それが、中学高校となるにつれて相談することがなくなってきたのは、学校生活を通して社会に溶け込むことを学び、無意識のうちに社会へ出る準備をしていたのか。

　改めて自分が今いる場所を考えると、身体《からだ》をピンと張っていた糸のようなものが切れた気がした。そうか、僕は話を聞いて欲しかったんだ、とその時気付いた。

「そう、何かあったら何でも話してね」

「お姉ちゃん。今日ね……」

「ほら、やっぱり悩んでた」

お姉ちゃんは優しく微笑《ほほえ》むと、僕の部屋のベッドに腰掛けた。

「今日プールの授業があったんだけど……」

それからお姉ちゃんに、中山《なかやま》くんのことや、男らしくないと言われたこと。渡辺《わたなべ》さんのことについて話したのだが、だんだん体が軽くなっていく感覚になっていた。

「なんだか、二人が楽しそうにハイタッチしているのを見ていられなかったんだ。悔しいっていうか悲しいっていうか。今まで感じたことがない感情で」

「それは楓月《かづき》が、渡辺さんに自分のことを見て欲しいと思っているからじゃないかな」

自分のことを見て欲しい。

「今まで他人の視線を避けてきた楓月が、初めて自分のことを見て、理解して欲しいと思える相手ができたってこと」

彼女の姿が視界に入るたびに、ピントが合うようにその存在がくっきりと浮かび上がるようになっていた。彼女がみている世界でも、僕にピントが合って欲しいと思っていたのだろうか。

この気持ちを再検証してみて、一般的なパターンに当てはめると、それはつまり異性として気になっている状態なんだろうか。その答えが、僕をさらに混乱させる。

「分からないんだ。僕が生まれてきたときに判断された性別と、自分がうっすらと認識し始めた性別が一致していないことをやっと理解できてきたのに。僕は渡辺さんのことを異性として気になっているのかな」

お姉ちゃんは少し考えてから、何か思いついたようなそぶりを見せ、立ち上がった。

「ハジナシのライブの時、お姉ちゃんと一緒に来てた子、覚えてる？」

「うん、飛鳥《あすか》さんでしょ、覚えてるよ。帰りの電車で、たまたま同じギタリストだったこともあったのか、すごく話しやすくて、駅に着くまでずっと音楽の話で盛り上がってたんだ」

「飛鳥なら、楓月の力になれるかも」

「え？」

「それに楓月なら、飛鳥の力にもなれるかも」

「どういうこと？」

「よし、今度三人でご飯行こう」とお姉ちゃんは言うと、スマホを取り出した。

多分もう飛鳥さんに連絡しているのだろう。

「だから、どうしてそうなるの」

「私は楓月に、前向きな気持ちで誰かと向き合えるようになって欲しいの。でも、私は守ってあげる事しかできないから。でも飛鳥《あすか》と楓月《かづき》なら、お互い一歩ずつゆっくり歩き出せるんじゃないかって思うの」

「どうしてそう思うの？」

お姉ちゃんは、「んー、なんとなくかな」と無責任な笑顔を見せた。

「はあ。いつもお姉ちゃんは思いつきで行動するよね」

昔からそんな性格だったが、ゲームの中のキャラに憧れを抱いていた僕にお姉ちゃんが、「楓月も絶対可愛《かわい》い格好似合うよ。お姉ちゃんの服貸してあげるから、着てみな」と言ってくれた。この思いつきですぐ行動する性格に、救われてきた部分もあるんだ。

「今、本人から伝えて大丈夫って連絡があったんだけど、飛鳥も実は楓月と同じ悩みがあるの」

「え、そうなの」

僕は驚きと同時に、初めて同じ境遇の人が身近にいることを知って、話を聞いてみたいという気持ちになっていた。

その相手が、飛鳥さん。不思議とあの人になら、僕の悩みも話せる気がしていた。あの日の電車の中のように。

「飛鳥さんが大丈夫なら会ってみるよ」

ふと、本棚の方へ視線を移すと、麗華《れいか》からもらった髭《ひげ》うさぎが何も言わずにこっちを見ている。

◇花山《はなやま》飛鳥

真波《まなみ》『急な相談があるんだけどこんな話、飛鳥にしかできなくて』

真波『知り合いが自分の性別や恋愛について悩んでいて、飛鳥になら話せるかなって思ったんだけど、もし大丈夫なら相談に乗ってもらえないかな？』

お風呂から上がり、タオルで頭を乾かしているとスマホに通知が来ていたので、確認すると真波さんからだった。

真波『もちろん、飛鳥の悩みについてはまだ伝えてないから』

私はその文章を見て、初めは少し戸惑ったが、真波さんのおかげでまた音楽と触れ合うことができたので、何か私にできる事があれば協力したいとすぐに思えた。

飛鳥『なるほど。私でよければ協力させてください』

飛鳥『あと、私のことは伝えても大丈夫です！　その方が後々話ししやすいかなと』

真波さんは私や、この悩んでいる方にも配慮して、その辺の細かな情報は最初には伝えていないのだ。

私はスマホを閉じドライヤーで髪を乾かす。この作業がとても面倒になってきたので、最近ベリーショートにしようか悩んでいる。髪を乾かし終わり歯磨きをしながらスマホを見ると、返信が来ていた。その返信を見て私の歯ブラシを持つ手が止まる。

真波《まなみ》『ありがとう。本当に助かる。実は知り合いって書いたけど、弟の楓月《かづき》なんだよね』

そうか、楓月くんも私と同じ悩みを持っていたのか。あの日、音楽の話をしていた楓月くんの目は、とても生き生きとしていた。それは、単純に好きな事の話をしているからではなく、誰もいないと思っていた孤独の星で、自分以外の人と出会った時に宿るような、輝きに満ちたような目だった。

飛鳥《あすか》『楓月くんだったんですね。なおさら、力になりたいです』

鏡を見ると、お風呂に入る前より自分の髪の毛が伸びている気がした。

「よし、バッサリ切っちゃお」

スマホで『ベリーショート』と検索すると『ベリーショート　メンズ』と、『ベリーショート　レディース』が検索候補に挙げられていた。『ベリーショート　メンズ』の方をタップすると、同じ名前の髪型なのにレディースとは全く違う髪型であった。

当日の朝、出掛けるついでに予約した美容院で、最後の仕上げをしてもらっていると、真波さんから連絡がきた。

真波『急にお願いしたのに本当申し訳ないんだけど、やっぱり楓月と二人きりの方が話

しやすいかなって思ったから、私は今日、行くのやめておくね』

真波『高校生の弟にお姉ちゃんが一緒についていくのも変だしね笑』

襟足と呼ばれるくらいまで短くした髪型に満足しつつ、『私は大丈夫ですよ』と返信する。

真波さんからの相談だったが、そもそも楓月くんと話すのが目的なので、真波さんが居なくても成立する。私もその方がいいのではと思っていた。

「はい、終わりましたよ。めちゃくちゃイメージ変わりましたね」

椅子の下を見ると、ついさっきまで私の外見を構成していたものが、その役目を果たしたかのようにぐったりと散らばっていた。

場所は楓月くんの家と、私の家の中間辺りで集まることになっていた。駅から徒歩五分くらいにある喫茶店が集合場所で、美容院の予約時間が早かったことから、少し早めに到着した。

指定された喫茶店の外観は、ドラマで出てくるようなレトロな雰囲気で、店内に入ると、昭和の雰囲気がそのまま保存されていたかのような内装だ。何故《なぜ》かその時代を経験したことないはずの私でも、懐かしさを感じられる。革張りのソファにたっぷりと身体《からだ》を預けると、ちょうど目線の位置に観葉植物がずらりと並んでおり、隣の席との適度な隔たりが生まれている。

私が席についてすぐ、カランコロンとベルの音が聞こえ、入り口の方へ視線を移すと、楓月《かづき》くんの姿が見えた。以前会った時とでは、私のイメージはずいぶん変わっているので、立ち上がり手を少し振ってみる。楓月くんは私を見つけたが、一瞬目を細め、不安を含んだ表情でこちらに近づいてくる。

「楓月くん、久しぶり」

「飛鳥《あすか》さん？　お久しぶりです。以前お会いした時と髪型がかなり変わっていたので最初気付けなかったです」

疑念が確証に変わった瞬間、楓月くんの細めていた目は元のまあるい目に戻り、太陽が差し込んだように暖かな笑顔を浮かべた。笑うと見える八重歯や、その小柄な体型から、小動物みたいで可愛《かわい》いなと思ったことはひとまず内緒にしておこう。

「なんか長いの飽きちゃって、バッサリ切ったの。小学校の頃とかずっとこれくらいの長さでさ。あ、どうぞ座ってね」

楓月くんは「ありがとうございます」と軽くお辞儀をし、テーブルを挟んだ向かい側のソファへ腰掛けた。

「わざわざ店もありがとう。すごくいい雰囲気だね、この喫茶店」

「いえいえ。ここ好きでよく来るので。何にしますか？」

楓月くんは私に、透明のアクリル板に入ったメニュー表を手渡す。

「ここ、ホットケーキが美味《おい》しいんです。分厚いのが二枚あるから、少し焼くのに時間かかっちゃうんですけど」

「じゃあ、ホットケーキにしようかな」

「とか言いつつ、僕はお腹空《なかす》いていないのでアイスコーヒーで」

店内でうっすらと流れているクラシックは、ＢＧＭとして適切な音量で、ゆったりとした時間の流れを感じさせる。

「結局、二人で会うことになってすみません。お姉ちゃんが急に二人の方が話しやすいでしょって言い出して。本当思いつきで行動する人なんで」

「大丈夫だよ。真波《まなみ》さん家でもそうなんだね。私が新歓ライブで、真波さんに話しかけに行った時も、音楽はしてるのって聞かれて、私がギター弾いてますって答えるとすぐに、じゃあ軽音部に入ろうよって誘われたよ」

「お姉ちゃんっぽいですね」

「お待たせしました。アイスコーヒーとお先にセットのホットコーヒーになります」

綺麗《きれい》にアイロンを掛けられた白いシャツに、ワインレッドのニットベストを着た上品な店員さんが、ホットケーキの前にセットについているホットコーヒーとアイスコーヒーを運んできた。

「飛鳥さん」

楓月《かづき》くんはアイスコーヒーよりも先に一緒に出された水を一気に飲み干してから、意を決したように切り出した。

「実は色々あって、お姉ちゃんに相談していたんですが、それなら飛鳥《あすか》さんと話した方が自分なりの答えが見つかるかもって言われて。こんな事、まだ会うのが二回目の人に相談する事じゃないと思うんですが」

「私が楓月くんの求めている答えを出せるかは分からないけど、言える範囲で話してみて」

「ありがとうございます……」

それから、子供の頃から抱いていた、自分の認識している性別と、年を重ねるにつれて成長していく体の特徴の不一致の悩み。集団行動で求められる自分の性別のあるべき立ち位置への違和感を話してくれた。

その歪《ゆが》みから生じる苦しみが、話しながら徐々に曇っていく表情から読み取れる。

店内は徐々に人が増えて、ＢＧＭが聞き取りにくくなるほど騒がしくなってきたので、私たちの会話もその雑音の一部となっていた。

「わかる。私も小学校の頃、今みたいな髪型でさ。服装も男の子っぽいのが好きだったの。そしたら、クラスの男子にあいつの中身は実は男だって言いふらされて」

私はなるべくこの場の空気を重たくしないよう、語尾を明るくする。

「私、ムカついちゃって。それが嘘《うそ》とか事実とか、そんな問題じゃなくて、単純に馬鹿にされた気がしたから、その男の子にかけっこして負けたら全部取り消して謝れって言ってやったの」

「はは。なんでかけっこなんですか」

楓月くんの強張《こわば》った表情が、少し和らいだ。

「自信あったの。でも足速い方が、どっちかというと男っぽいって言われそうなのにね」

「でも、飛鳥さんは強くていいな。僕は言い返せないんですよね。心では思っていることがあっても、声に出したってどうせ聞いてもくれないし」

その言葉が、私の耳の中で反響する。

私は強くなんかない。いや、子供の頃は強かったのかな。あの頃は足が速いのも、バスケ部でキャプテンをしていたのも、全部おかあさんに誉《ほ》められていた。いつから反転しちゃったのかな。私はクローゼットの中を思い浮かべる。もう使うことの無くなったものを雑に置いているあの場所。バスケットボール。

「お待たせいたしました。ホットケーキになります」

バターが乗った分厚い二枚のホットケーキが運ばれてきた。

「可愛《かわい》いですよね、ここのホットケーキの形って」

私はそんなことは気にもせずに、その丸い形を無残に小さく切り分けていく。

「クラスメイトにバスケ部の渡辺《わたなべ》さんって子がいて」

バスケ部、と聞いて私は少しビクッとしてしまった。

「僕が保健室にいて授業に出られなかった時、休んだ分のノートを貸してくれたんです。一度も話したことのない僕に。それから、僕の勧めた音楽もちゃんと聴いてくれたり。あと、なんだか話せるのがすごく嬉《うれ》しいんです。でも」

楓月《かづき》くんは少し黙って、周りを気にするそぶりを見せたが、お客さんは数人のグループが多く、ご飯を食べながら会話に集中している様子だったので話を続けた。

「僕、ずっと自分は男の子が好きなんじゃないかって思っていて。自分の中身は女の子だって認識していたから。だけど、僕は彼女のことが多分気になっている。ってことは僕の外見は男の子だけど、中身が女の子。けれど、好きなタイプは女の子ってもう自分でも理解できなくて。こんな状態じゃ、とても彼女と向き合うことすらできなくて」
○○だから××。この社会では、個人の抱えるあらゆる問題を無視した上で、そんな簡単な方程式に当てはめられ、乱暴に導かれた答えが提示される。
バレンタインだから好きな人にチョコをあげる。

大学まで出たのだから就職する。

男性だから化粧はしない。女性だからスカートを穿《は》く。

この方程式に基づいて日々生活している人と対峙《たいじ》した時、直接言葉にして言われなくとも、ジリッと変わる空気感を私たちは敏感に感じとってしまう。

「楓月くんは私の恋愛対象がどっちの性別か分かる？」

「んー。お姉ちゃんから、飛鳥《あすか》さんが僕と同じ悩みを持っているって聞いていたので、勝手に女性だと思ってました。違ったらごめんなさい」

「私、実はどっちでもないの。恋愛にちっとも興味が湧かなくて」

「そうだったんですね……。勝手にどっちかだと思い込んでました。両方違う人がいるってこと想像していなかったです。ごめんなさい」

「ううん。普通そう考えるし、これって仕方がないことなのかもね。楓月くんですら思い込んでいたし。だから、楓月くん自身に対しても、自分はこうだからこうあるべきって決めつけちゃっているのかもよ。外見と中身がチグハグでも、好きな人の性別がなんであろうと、どうにか辻褄《つじつま》を合わせようと生きなくていいんじゃないかな」

私たちは別に整合性のとれた生き物ではない。しかし、社会は列からはみ出すことを許してくれない。

「ギターのように不安定な人間なんだよ。みんな。別に完璧にチューニングを合わせる必要なんてない。それに、そんな気持ちになる人がいて、少し羨ましいかな。私にはない感情だから。一度向き合ってみたらどうかな、渡辺《わたなべ》さんに、自分の気持ちに」

楓月くんは、自分の中に溜《た》まっていた古い空気を入れ替えるように、ゆっくりと吐き出したあと、顔を上げる。

「なんだか、すごく腑《ふ》に落ちました。ギターなんてすぐチューニングがずれますもんね。確かに、こうあるべきって人から決められるのが嫌だったはずなのに、自分自身決めつけちゃってる節はありました。指摘されないと気付けないこともあるんですね。ありがとうございます、気持ちが楽になりました」

「いえいえ、役に立てたようでよかった」

「積極的に関係を築けるよう動けるかはわからないですが、この気持ちと向き合ってみることにします」

私も向き合うべき自分の気持ちがあるはず。音楽の道。就職とは違う道。ママの理想とは別の道。何かを話すたびに、何かを呑《の》み込むたびに、胸に溜《た》まっている小さなしこりのようなものを意識する。

「そういえば、飛鳥《あすか》さん、曲も作っていたんですよね」

「あー、うん。高校生の頃とかだけどね」

「飛鳥さんの作った曲、聴いてみたいです！　今、軽音部ではカバー曲ばかりで、僕も何度か作曲に挑戦しようと思ったのですが、全然できなくて」

「私も最近は作っていないから、もうどうやって作ったかも忘れてるよ。それに、今はバンドも組んでいないし、作っても演奏する機会がないしね」

「ＹｏｕＴｕｂｅとかには投稿しないんですか？　別にバンドじゃなくてもオリジナル曲

を投稿して活動してる人はたくさんいますよ」

ネットに音楽を投稿して活動するなんて、考えたこともなかった。高校の時は真波《まなみ》さんとバンドを組んでいたから、その方法しか知らないまま音楽から離れていた。

「ＹｏｕＴｕｂｅか。私にできるかな」

「それこそ、飛鳥さんも自分で決めつけちゃってますよ。こうだからこうって」

「やられた。確かにね。でも、急に私を焚《た》き付けて、真波さんの差し金でしょ」

「やだな、違いますよ。僕が単純に飛鳥さんの音楽を聴きたいだけです」

「んー、そこまで言われるなら、やってみようかな」

私は誰かに背中を押されることを待っていたのか。一人でできるか不安はあったけど、今は興味の方が増している。私も楓月《かづき》くんも、お互い一歩も進めない状態を変えたくて、今日ここに来たのかもしれない。

「やったあ。ネットのことならある程度は知識あるので、わからないことあればなんでも聞いてください」

すっかり氷が溶けて薄い色になったアイスコーヒーを、一気に飲み干した楓月くんは満足げに顔をほころばせた。

「ありがとね」

店内で飾りだと思っていたピンク電話が、ジリリリ、と鳴り響いた。

腰の曲がったママがゆっくりとした足取りで受話器をとりに行ったが、「もしもし。もしもし。やだ、無言電話だわ」と言ってすぐに受話器を置いた。

その光景を見た私たちは、目を合わせ、つい声を出して笑ってしまった。

○風間楓月《かざまかづき》

今日は他校の軽音部が主催する合同ライブの日。

今年は隣町の高校の体育館が開催場所で、合計十四バンドが出演するため、途中のステージセット転換も含めると長丁場になることから、持ち時間が一バンド十分しかなかった。スタートは午前十時からで、一年生が午前、二年生が昼休憩後で、三年生が最後の順番になっている。スタート三時間前に隣町の高校に集合し、挨拶を済ませた後、部員のみんなで客席やステージの準備を始める。

他校とはいえ体育館となると、その内装は僕らの高校となんらかわりなかった。普段は、先生や表彰される生徒しか上がることのない壇上にバンドセットが組まれていく様子は、僕らが学校を占領したかのような気持ちにさせた。

合同ライブは誰でも見に来られるように解放されているので、各々知り合いを呼べるようになっている。

僕はすぐに渡辺《わたなべ》さんの顔を思い浮かべたが、そもそも連絡先を知らなかった。飛鳥《あすか》さんに相談した日から渡辺さんと会話はするものの、特に進展もなく日常会話の範疇《はんちゅう》を抜け出せないままで、ただのクラスメイトからより親密になるための具体案が思いつかないままだった。

麗華《れいか》から連絡先を聞こうか悩んだが、教えてもらったとしてもどう切り出していいかわからなかった。もし、連絡を取り合ったとしても、学校という顔を合わせるのが当たり前の空間から生まれる、『おはよう』のような自然な挨拶ですら、文面上のやり取りでは不自然に思えてくる。

スタンディング席の後ろに、座って見られるようパイプ椅子を並べる作業を手伝っていると、横から声をかけられた。

「おはようございます。僕、Ａｉｒってバンドでボーカルしています、佐々木《ささき》です」

振り向くと、同じくパイプ椅子を並べる作業をしている男の子が、手でマイクを持っているポーズをとりながら自己紹介を始めた。

「あ、おはようございます。僕も二年でブレンドってバンドでギターを弾いてます、風間です。よろしくお願いします」

「おーやっぱり。俺も二年。そんな気がしたんだ。パイプ椅子並べる作業とかだるいよな。ライブなんだからみんな立って見ればいいのに」

なぜやっぱり、と思ったのか謎だが同学年とはいえ、その距離の縮め方に圧倒された。バンドのセンターに立つボーカリストはこれくらいのコミュ力が必要なのかと思うと、僕には到底できる気がしなかった。

今日の合同ライブは休憩を含めると六時間なので、そんな長時間立っていることはかなり難しい。百歩譲っても休憩時間や転換の間くらい椅子に座ってもいいのでは、なんて初対面の人には言えなかった。

「てか、ブレンドはどんなジャンルのバンドなの？」

「僕らはコピーバンドなんだ。ボーカルが女の子だから今日はカバー曲を演奏するつもりだよ」

「コピバンか。俺もやったわー。中学から地元の友達《ともだち》とバンド組んだりしてるんだけど、初めはコピバンだったたな。あ、今はオリジナル曲作ってライブしてんだ」

彼のその口ぶりから、コピーバンドは通過点で俺たちはもう次のステップにいます、というニュアンスが感じられた。

バンドの形式に優劣なんかないはず。なのに僕は、彼の言葉を歪《ゆが》んだように捉えてしまった。僕が本当にコピーバンドをやりたいのなら、引っかかることはなかったはず。

確かに、漠然とオリジナル曲を作ってライブをしてみたいと考えたことはある。コピー。オリジナル。この違いはなんなんだろう。

「そうなんだ。僕もオリジナルやってみたいな」

「やろうぜ。なんつーか、自分の想《おも》いとか、普段表に出せない本音も歌にすればすんなりと言えちゃうんだ」

「佐々木《ささき》くんは自分で曲を作っているの？」

「メロディはギターが作って、歌詞を俺が担当してる」

「バンド内で分担しているんだ。すごくいいねそれ」

　僕はなぜそのシンプルな方法を今まで思いつかなかったのか、自分で呆《あき》れてしまった。よくよく考えると、世の中に出ている音楽はほとんどその形で作られており、僕一人で完結させる必要はない。僕は飛鳥《あすか》さんにＹｏｕＴｕｂｅを勧めた事を思い出し、また自分で可能性を狭めていた事に対して情けない気持ちになった。

「俺のライブ楽しみにしてて。バチイケライブにするから」

　僕は、佐々木くんの自信に満《み》ち溢《あふ》れた表情に清々《すがすが》しさを感じながら、「楽しみにしてるね」と答えて、最後のパイプ椅子を指定の場所に置いた。

　セッティングを終え、最後に黒い遮光カーテンを閉めると、体育館はライブ会場と化した。

　スタート三十分前に開場すると、お互いの学校の生徒や、おそらく家族と思われる人達《ひとたち》がゾロゾロとやって来た。出演者の楽屋がないので、出番のバンドと、その次の出番までは舞台袖に待機しているが、基本客席にいるので、体育館会場は案外人が多かった。

僕らの出番は午後二時からなので、午前はスタンディング席でバンドメンバーと一年生のライブを見ることに。

「さっき話してたの楓月《かづき》の知り合い？」

金山《かなやま》くんが大きく背伸びをしながら聞いてくる。

「いや、初めましてだよ。今日出演するＡｉｒってバンドでボーカルの佐々木《ささき》くん。椅子の準備している時に話しかけてきてくれて」

すると、麗華《れいか》が何かを思い出したかのように、「あっ」と声を出した。

「Ａｉｒって確か、妄想公園が出るからって広坂《ひろさか》先輩に誘われたライブイベントの予選大会で見たかも。楓月が熱で来れなかった時の」

「ああ、あの時の」

妄想公園はギターボーカルの広坂先輩とベースの高山《たかやま》先輩、ドラムの小瀧川《こたきがわ》先輩のバンド。去年の一月に都内六会場で開催されたバンド結成一年未満が出演条件の大会形式のライブイベントで、広坂先輩が僕も誘ってくれていたのだが、当日に高熱でダウンしてしまい見に行けなかった。

「俺はバイトがあったから見に行けなかったんだけど、それなら今回ここの高校と合同のライブも納得だな。その大会は誰が優勝したの」

「私が行った予選は妄想公園が優勝してたよ。各会場から優勝者六バンドを集めて、三月に決勝大会を開くんだけど、そこでは惜しくも二位」

「僕は決勝大会だけ見に行けたんだけど、確か優勝したバンドは十九歳の大学生バンドとかだったよね。当時高校二年生だった妄想公園が二位なのはすごいよ」

「その後、私と楓月で挨拶しに行ったら広坂先輩と高山先輩が喧嘩《けんか》してて、びっくりしたよね。高山先輩が高校生のイベントだったら勝ってたのにってポロッと言ったらしく、それを聞いた広坂先輩が言い訳すんなって怒って」

「え、やべー。あの二人あんまり仲良くなさそうだもんな。俺にはわかんねえ。別に勝ち負けの分野じゃないでしょ、軽音部って。楽しくコピバンだけやりてーよ」

　金山くんの言いたいことも分かる。軽音部には高校生活の間だけ、好きな音楽を楽しくフランクに演奏したい気持ちの人たちが多い。僕も入部したての頃はそうだったが、妄想公園が出演したのは軽音部外での活動で、わざわざそのイベントに出るからには勝ち負けにこだわる気持ちも今は理解できる。

　僕はその時、金山くんと温度差があることに気がついた。まだどちらが高いのか低いのか、どの程度離れているかわからないが、広坂先輩と高山先輩の間にもこの温度差はあったに違いない。

「大会に出るなら自分たちの作った曲でライブをして、いい結果が形として残る事を目指す気持ちはわかるけどね。Ａｉｒはどうだったの？」

「確か妄想公園と出てた予選の時は、コピバンだった気がする。この大会コピバンでも出演できるらしいんだけど」

「そうなんだ。今はオリジナルを作ってるって聞いたから、その大会で変わったのかな」

佐々木《ささき》くんは、あの大会で妄想公園に敗れた。審査基準はわからないけど、コピバンとはいえ自分の歌声に自信があったのだろう。

もしかして、あの頃とは変わった姿を見せたくて、今日僕らの高校と合同ライブをすることにしたのかもしれない。

ステージでは一年生のトップバッターのバンドが緊張した面持ちで、確認のための音出しをしている。

◇花山飛鳥《はなやまあすか》

楓月《かづき》くんと話をしてから、ＹｏｕＴｕｂｅに弾き語り動画を投稿してみることにした。

まずはカバー曲の弾き語りを何本か投稿してみると、なぜか１０００再生を越える動画も出てくるようになり、初めは０人だった私のチャンネルもいつの間にか百人ほどに増えていた。

楓月くんに対して偉そうなことを言ったのにもかかわらず、自分は行動しないなんてズルいのではと思い投稿を始めたが、今では再生数が増えたり、コメントなど反応がもらえることが楽しくて、毎日でも投稿したい気持ちになっている。

「よし、やるか」

スマホの音声メモアプリを立ち上げると、鼻歌でなんとなく歌った曲の断片がいくつも保存されており、使えそうなものがあるか一番下から確認してみる。

恐らく、歌っている時は頭の中で伴奏が流れており、音楽として成立していたのだが、改めて聞き返すと、どんなメロディなのかわからないものも多々あった。そんな中、『いいかも#1』というファイル名の音声を再生すると、一番はじめに真波《まなみ》さんたちと音源にした曲の元が流れた。

私は懐かしい気持ちになりつつ、続いて画面をスクロールしてみると、『いいかも#2』というファイルがあった。適当につけていたファイル名で、全く覚えていなかったので再生してみる。

「お……いいかも」

私は思わず一人でにやけてしまった。まだ形になっていない鼻歌だけのメロディは、素朴であるが故に無限の可能性を感じられる。このメロディを元に形を作っていこう。

それから二日ほどで、ギターの伴奏と歌詞をつけて、一番まで形にすることができた。

明日は保育実習なので今のうち動画を撮っておき、投稿できるようにしておこう。

今はスマホのカメラと編集アプリを使えば、誰でも簡単にそれなりの動画を作ることができる。動画を撮りアプリで音声にエコーなどの処理をし、歌詞のテロップをつける。

タイトルは、『これから』

いつも動画ができた瞬間は気持ちが昂《たかぶ》っているので、そのまま投稿してしまうが、後から見返したときに気になるところが出てくるので、最近は少し時間を置いてから投稿することにしている。

晩御飯を済ませお風呂に入り、実習の準備を済ませておいた。最近は無地の白シャツに、黒スキニーパンツ。誰からもなんの文句も言われない格好だ。

二週間ある実習はもう折り返し地点に来ていたが、前ほど就職が近づいていることに対して、不安を感じなくなっている自分がいた。

時間を置いた動画をもう一度確認すると、急いで作った割には納得できる動画だった。明日の十七時頃に投稿できるように予約投稿を設定する。初めてのオリジナル曲。どんな反応があるのか、ワクワクと不安を抱きながら、私はベッドに入り目を閉じた。


「おはようございます。よろしくお願いします」

「おはようございます。今日も一日頑張ってください」

今日は保育実習七日目の責任実習の日。朝は八時前に園に着くと、まず職員室へ行き挨拶をすませ、順次登園してくる子供を迎え入れる。

実習にも何種類かあり、保育現場で子どもや保育者の観察をする観察実習や、実際に子どもに関わりながら保育の補助をする参加実習。手遊びや絵本など一部分だけを任される部分実習から、一日の全てを任される責任実習がある。

今回担当するのは四歳児のにじ組。このクラスを担当するのは二回目で、男の子が八人、女の子が九人の合計十七人。実習生は、指導担当についてもらいながらの二人体制になるのだが、にじ組では保育士になって十年以上経《た》つベテランの山内《やまうち》先生が担当している。山内先生に紹介をうけ再度子どもたちに対して丁寧に挨拶をする。

「今日はこの前も来てくれた花山《はなやま》先生が、一緒ににじ組のみんなを見てくれます」

「皆さん、おはようございます」

「おはようございます」

「花山飛鳥《あすか》です。今日も一日よろしくお願いします」

「よろしくおねがいします」

園児たちの元気いっぱいの声が室内に鳴り響く。挨拶だけでもその子の性格がなんとなく読み取れることがある。

菅谷大星《すがやたいせい》くんは、誰よりも大きな声を出して挨拶する、クラスの中でも元気で活発な子だ。

逆にゆっくりと後を追うように声を出す西香澄《にしかすみ》ちゃんは、園庭で走り回るより、砂場で黙々とお山を作ったりするのが好きな子で、私たちは一人一人の性格に合った対応をとる必要がある。

朝の会では挨拶をすませ、保育園での生活を楽しい気持ちで始められるように、歌をみんなで歌う。

今日は簡単で覚えやすい定番の童謡、『おはようのうた』を山内《やまうち》先生がピアノで伴奏を弾き、私は前に出て手の動きをつけながら歌った。

動きをつけることでリズム感を養ったり、体がほぐれてリラックス効果を得られる。私の後に続いて手を叩《たた》いたり、歌ったりする子たちを見ていると、自然と今日一日頑張れる気分になれた。

歌の後は出欠確認をとり、その日のお当番の子たちと一緒に、日付や天気などをみんなの前で声に出しながら確認する。

お当番は人前に立つ時の緊張感を経験したり、片付けや給食の献立発表など、与えられた役割の責任を果たすことを学んでいく。ここまでの流れは担当の先生が主体的に進めていたが、ここから実習生の私が今日の予定を説明して、給食の時間まで考えてきた活動を行う。

「今日は、先生が考えてきた遊びをみんなとやりたいと思います」

「はーい」

「夏といえば、なにが思い浮かびますか」

「うみ」

「スイカ」

「むしさん」

「いっぱい思い浮かぶよね。今日は、この画用紙を使って、みんなの好きな虫さんを作ろうかなと思います」


実際に虫とりをすることも考えたが、この炎天下に長時間外へ行くのは熱中症の危険もあり、虫を触ることが苦手な子もいるので、室内でできる制作に決めた。これならもし雨の日でも問題なく行える。

以前、家の近くの公園で、子どもがアリの行列を踏んでいる光景を見た。ただ、アリさん可哀想《かわいそう》でしょ、踏まれたら自分も痛いでしょ、と教えてあげるのは、その場の対処としては正解だと思う。それを楽しく遊びを通して、自分で気付いて欲しいなと思ったのがきっかけだ。

いきなり制作に入るのではなく、はじめに虫のデフォルメされた可愛《かわい》い絵が書かれたカードを見せ、その名前を当ててもらうことで子どもたちの興味を引くことにした。裏側にその虫のシルエットが描かれているので、まずはそちら側を見せる。

「みんなはこの虫さんの名前わかるかな」

「カブトムシ」

「カブト！」

「正解！　カブトムシでした」

各々が答えている中でも、大星《たいせい》くんの声が一際大きく目立っていた。

正解すると表側の虫の絵が描かれた方を向ける。

「じゃあ、この虫さんはわかるかな」

「ちょうちょ」

「くつひもー」

「正解は蝶々《ちょうちょう》さんでした。香澄《かすみ》ちゃん、蝶々結びのことかな？　いい答えだけど、今回は虫さんの問題だからちょっと惜しかったね」

香澄ちゃんは子供らしい天然さを持っている。

それを間違いだと、子供の想像力を邪魔するように私たちが矯正するべきではないけれど、自由に発想する時間と、答えがある問題を考える時間は分けたほうがいいとは思っている。

シルエット当てが終われば、それぞれの虫がどんな動きをするのか、体を動かしてなりきってみる。虫の特徴を捉えて動きを真似《まね》してみたり、虫を可愛《かわい》く作ることで愛着が湧き、実際の虫にも生き物として優しく接することができるのではと考えている。

みんなキャッキャッと言いながら楽しそうに真似している中、香澄ちゃんが周りをキョロキョロして参加できない様子でいた。

「香澄ちゃん、蝶々の真似できるかな」

「んーやだ」

「じゃあ、好きな虫さんは？」

「さっきのね、カードはいいけどね、うごいてるのはきもちわるいの」

好き嫌いはあって当然。ましてや、生き物の中で虫が苦手な人は多い。

でも、子どもの頃の嫌いな食べ物は、大人になると好きになることがある。

例えば、子どもが嫌いな食べ物に選ばれがちなピーマンは、私も昔は食べられなかったけど、今では好きな野菜。

味覚は甘味《あまみ》、塩味　酸味、苦味、うま味の五味で構成され、その中の苦味は毒、酸味は腐敗のサインだと感じるため、自然と体が受け付けないって食育の授業で先生が言っていた。反対に甘味は、生まれてはじめて口にする母乳に含まれているため、体に必要なエネルギーの味だと認識して自然と受け入れられるそうだ。

未知のものを受け付けないということは、生体防御の正常な反応なので仕方がないこと。

色んなものを味わえるようにするには、何度も食べることで味覚を発達させ、徐々に受け入れてもいいものなのだと認識させることが大事。

じゃあ、気持ち悪いという感覚はいつか受け入れられるようになるのかな。

子どもの頃は虫を触れていたのに、大人になるにつれて不快感のセンサーが発達していき触れなくなることは多い。部屋にゴキブリが出れば、絶対に仕留めないと安心して眠ることができない人は多いはず。別に危害を加えてこない、無害の生き物に対して嫌悪感を抱くということは、気持ち悪いと感じるから。

では、外にいるアリは踏んじゃいけないけど、部屋の中に入ってきたゴキブリは殺しちゃってもいいのかな。

もし、意思疎通できるゴキブリがいて、ここは私の家だから出て行ってちょうだいと伝えると、そうかごめんよ、と大人しく去ってくれるのなら、たとえゴキブリだとしても無駄な殺生はしなくなるはず。

私がそんなファンタジーな妄想をしていると、大星《たいせい》くんが両手をツノのように頭の上で伸ばしながら、こちらへ近寄ってくる。

「せんせー、これだれだとおもう」

「んー、カブトムシかな」

「ぴんぽーん。かすみちゃん、ぼくのカブトムシとたたかおうよ」

「やだ。きらいだからこっちこないで」

「なんだよー。あ、わかった。まけるのこわいんだ」

香澄《かすみ》ちゃんのこの率直な部分がそのまま誰かに向けられたとき、気づかずに誰かを傷つけてしまわぬようにする事も、私たちの重要な役割だと思っている。

「大星くん。香澄ちゃんは虫の動きが苦手なだけで、大星くんに言った訳じゃないよ」

「香澄ちゃん。大星くんは一緒に遊びたかっただけだから、許してあげよ。でも、そんな強い言葉使っちゃうと大星くんが傷ついちゃうから、気をつけようね」

香澄ちゃんは不満げではあるが、「はーい」と素直に返事をした。

「じゃあみんな、席についてて虫さんを作ってみましょ」

「香澄ちゃん。動かない可愛《かわい》い虫さんなら平気？」

「うごかないならへいき」

今回は作るのが比較的簡単なてんとう虫や、ミツバチを選んだ。色画用紙をハサミで切って、のりを使いながら一匹ずつ作っていく。

「まず初めに、ハサミをお友達《ともだち》に向けたり、持ちながら歩くのは危ないから絶対にやめてくださいね」

守るべきルールは始めに共有しておくのが約束。

あらかじめ家で作ってきたお手本をホワイトボードに貼り、実際に一から作りながらみんなで進めていく。山内《やまうち》先生が手こずっている子どものサポートをしてくれるので、まずは作り方の説明に集中できる。

「最後に黒い画用紙を丸く切ったものを、羽根につければてんとう虫さんの完成です。黒い点々の大きさはバラバラで大丈夫だから自由に切ってみてね」

「せんせいみてみて。こんなでっかいほくろつけたよ」

私はそれほくろじゃないよ、と言いかけたがあの黒い斑点がなんなのかわからなかったので、言葉を飲み込んだ。

子どもたちは出来上がったてんとう虫を見て、もの作りの楽しさと完成した時の喜びを感じているようだった。その光景を見ていると、ここでしか温まらない心の冷たい部分がある気がした。

香澄《かすみ》ちゃんのてんとう虫を見ると、丸い斑点ではなく、色んな形の斑点模様がつけられていた。

「香澄ちゃん。そのてんとう虫、色んな柄があってすごくいいね」

「このね、かたちだったらかわいい」

てんとう虫とミツバチを作り終え、自分の名前が書かれてある荷物の置き場所に、作った虫を貼ってもらった。

「貼り終えたかな。いいじゃん、みんな可愛《かわい》くできたね。今日お話ししたみたいに、お外には触ると危ない虫さんもいるけど、可愛い虫さんや怖がりな虫さんとか、色んな虫さんがいるから、見つけてもみんなは優しくしてあげてね」

「はーい」

給食を食べた後はお昼寝の時間。子どもの寝顔を見ていると、日々生活するなかで溜《た》まっていく毒素が抜けていく感覚がする。

私はなぜ子どもが好きなのに異性に対して、恋愛感情がないのかを考えたがすぐに、私自身も○○だから××という方程式に無意識に当てはめようとしていることに気付き、疑問を振り払った。

十六時頃になると順次お迎えが来て、実習は終了。実習後は担当の山内先生と今日一日を振り返り反省点などを確認する。

「今日は責任実習お疲れ様でした。もうこの園での実習は七日目でしたが、今日一日やってみてどうでしたか？」

山内先生は私と十歳以上離れているにも関わらず、丁寧な口調でありつつ、学生の私に緊張感を与えないために柔らかな表情で問いかけてくる。

「みんな虫の真似《まね》を楽しそうにしてくれて、私も嬉《うれ》しかったですが、虫が苦手な子に対してこの制作を通してどうすれば苦手なものと向き合ってくれるのかが難しかったです。でも、山内先生がついていてくれていた事もあり、落ち着いて制作の説明や子どもと向き合えた気がします」

「子どもたちが楽しむこともちろん大事ですが、花山《はなやま》先生も子どもたちの反応や成長を見て嬉《うれ》しいとか楽しいなって思えることもすごく大事なのでよかったです。それが先生のやりがいだったりモチベーションにつながり、子どもと向き合う姿勢が変わる事もありますからね」

この実習を通して、子どもたちが私の行動一つ一つにリアクションをくれて、何かを学び取ってくれる瞬間がこの仕事のやりがいだなと感じた。

最近、一人で音楽と向き合っている時間に、私には音楽しか合わないと考えることがあるが、子どもと接している間は同じような気分になっているのも事実。

私たちは案外、自分が置かれている環境になんとか適応していける能力があるのかも知れない。

でも、それは私がまだ実習生という、余裕がある立場だからこそ言える事でもある。実際に現場で働いている真波《まなみ》さんのように、大人同士の人間関係から生じる子どものこととは関係ない問題が悩みの種でもあるのは、働いてみて初めてわかることだ。

「制作は夏だからってことで虫を題材にして、導入に虫のカードと体を動かして真似《まね》してみるのは子どもたちの興味をひけてとてもよかったと思いますよ。虫が苦手な子や、この年齢だと乱暴に扱う子がいるから虫取りじゃなくて、作ることで愛着が湧くようなねらいも良かったかなと。確かに、子どもって好き嫌いがはっきりしているし、まだ小さな生き物に対してどう接していいかわからない部分もあるけれど、花山先生と香澄《かすみ》ちゃんのやり取りを見ていて、てんとう虫の柄を自由にしたのは正解だったかなとも思います」

「みんな自由に柄を作って取り組んでくれていたのでよかったです。香澄ちゃんも制作には参加してくれていましたし」

香澄ちゃんのロッカーを見ると、ハートや星型の柄が入ったてんとう虫が綺麗《きれい》に貼られている。

「あとは、一つ一つの時間をちゃんと伝えたほうがメリハリができてもっと良くなるなって思いました。てんとう虫の他にも作る虫があったから、例えば長い針が3になるまでにしようねって声掛けをすれば次の制作に取り掛からず、出来た虫で遊ぶ子にも時間を意識させることができるかなと」

「確かに、そこの声掛けはできていませんでした」

山内《やまうち》先生は私を褒めるだけではなく、しっかり現役の先生として適切な指摘もしてくれた。

「でも、全体的には落ち着いて子どもに接している印象でとてもよかったですよ。さっき園長先生とも話していたのですが、卒業したらぜひうちの園に来て欲しいねって」

「本当ですか。そう言っていただけて嬉しいです」

どこの園も人手不足なので、実習先から誘われることは多々あるそうなのだが、この先生に言われると本当に必要としてくれている気がした。

今は、担当したにじ組のみんなの成長を、この目で見てみたい気持ちも芽生えていた。

帰り道、オリジナル曲がちゃんと投稿されているか、どんなコメントが来ているのか確認するためにスマホを見ると、楓月《かづき》くんから連絡が来ていた。

私はその内容を見て思わず歩みを止める。

その場で何度か読み返すうちに、画面に表示されているだけの文字から、徐々に楓月くんの温度感が伝わってくる。

スマホに集中していた私の真横を自転車が走り過ぎ、風がふわっと肌をかすめた。

○風間《かざま》楓月

「俺たちＡｉｒは自分たちの音に乗せる言葉も大切にしています。日々辛《つら》いことや、悲しいこととか沢山あると思う。今日は俺たちの音楽でそんな日々を生き抜く光のようなものを、心に残せたら良《い》いなと。それでは最後の曲です」

Ａｉｒは爽快なサウンドにストレートな想《おも》いを綴《つづ》った、王道ロックバンドといったイメージだ。

僕らの出番はＡｉｒの次だったので、舞台袖でその様子を見ながら準備を進めていると金山《かなやま》くんが、「軽音部のライブの温度感じゃないよな。たった十分のライブで、同じ部活の学生にそんなこと言われても。なんか痒《かゆ》くなってくるわ」とドラムのスティックを振りながらつぶやいた。

佐々木《ささき》くんの言葉は金山くんには届いていなかったが、客席をチラリと見ると、トップバッターだった一年生のメンバーが真剣な眼差《まなざ》しでライブを見ている。少なくとも、あの一年生には何か考えるきっかけを与えられているんだ。

僕らのバンドはどうだろう。僕は、ハジナシの重田《しげた》さんの言葉をまた思い出す。佐々木くんは誰かに何を言われようが、この瞬間だけは自分を嫌ってしまうような環境に身を置いていないように見えた。

Ａｉｒのライブが終わり、僕らの出番が来る。ステージの転換中、佐々木くんからすれ違いざまに、「ライブ楽しみにしているよ」と声をかけられたが、僕はなぜか後ろめたい気持ちになっていた。

なかなか集中できないまま、僕らの出番になった。僕は過去のトラウマで人前に出ることが苦手だったが、そんな自分を変えたいとも思っている。

そんな時にギターと出会って、自分の好きな音楽の分野だったら人前に立てそうだと、克服の意味でも軽音部に入って、ライブをしようと考えていた。僕はライブの前にいつも自分の中での矛盾点と向き合っている。人前に出るのが嫌なのに、ライブに出ている。

他人にはどうせ自分のことを理解されないと悲観的になっているのに、バンドを組んでいる。

「ブレンドです。聞いてください。突風」

麗華《れいか》のタイトルコールでライブが始まった。

こうしてステージに立てるのも、軽音部の部室での練習ライブがあったおかげだが、ほとんどの目線がボーカルである麗華に集まるからでもあった。

しかし、いつものライブをする緊張感とは違った感覚が僕を取り巻き、自分たちのステージを俯瞰《ふかん》してみている気分になっている。今日のように、ライブでカバー曲を演奏すれば軽音部という特性上、曲を知っている人が多いので盛り上がりはするのだが、その歓声は本来の透明度を失ったように白濁して聞こえてきた。

僕はその瞬間に、自分の中の新しい矛盾点に気がついた。

僕は他人に自分のことをわかって欲しいと望みながらも、自分の言葉で音楽を、ライブをしていなかった。

あっという間に終わってしまい、片付けを終えると、体育館の中がとてもライブ後とは思えない程、淀《よど》んだ空気に包まれている気がして、息苦しさを感じた僕は外へ飛び出した。

外で深く深呼吸すると、夏の若い空気が肺を満たし少し楽になる。

朝から確認していなかったスマホを確認すると、飛鳥《あすか》さんのYouTubeの通知が来ていた。

あの日、二人で話した後、飛鳥さんからとりあえずカバー動画を投稿すると連絡があり、初めて飛鳥さんの歌声を聴いたのだが、僕は一瞬でその歌声に魅了されていた。

弾き語りではあるが、バンドアンサンブルの中でも埋もれないであろう芯のある突き抜けた部分もありつつ、心の機微を歌声に織り交ぜた繊細な表現力も感じられた。

僕はすぐに飛鳥さんにこの感動を伝えたくて連絡し、チャンネルの通知をつけ、投稿を楽しみにしていたのだ。スマホをタップして開くと、タイトルは『これから』とあり、概要欄にはオリジナルです、と書かれていた。

僕は体育館から漏れ出す音が聞こえなくなるところまで離れ、イヤホンを持っていなかったのでスマホから直接聞こえるように音量をかなり上げてから、再生する。

心地よい夢を見ているかのようなギターのコード進行と飛鳥さんの歌声が、小さなスマホから流れ出す。何度も体育館から逃げ出してきた情けない僕の元へと届く。

動画は二分ほどの長さだったが、僕は夏のぐったりする暑さも、さっきまでの淀んだ空気も、後ろめたさも忘れていた。

遮光カーテンを閉めなくても、ライブのセットがなくても、まるでこの世界が飛鳥さんのステージになっているようだ。サビで繰り返される、『これからの話をしよう』というフレーズが印象的で僕の心にじんわりと染み渡ってゆく。

それは飛鳥《あすか》さんが直接僕に対して話しかけてきているような感覚にさせた。

動画に集中していて、画面の中だけを捉えていた僕の視界が、徐々にこの世界本来の輪郭を取り戻すと、そのまま飛鳥さんに連絡を取っていた。

『新曲、聴きました。本当に良かったです。僕もこれからの話をしていいですか』

少し臭すぎる文章かなと思ったが、そんなことはすぐに頭から消え去っていた。

『飛鳥さんと音楽がしたいです。飛鳥さんがボーカルでメロディを書いて、僕がギター。それと、歌詞も書いてみたいです。普段人前で言えないこととかも、音楽にすれば言えるんじゃないかなって、そう思いました』

今は何故《なぜ》か、頬《ほお》を伝う汗が気持ちよかった。

『バンド組みませんか』

送信をタップした瞬間、背後から麗華《れいか》の声が聞こえてきた。

「いなくなったと思ったら、こんなところで何してるの。妄想公園始まっちゃうよ」

「麗華。ちょうどよかった。新しいバンドを組もうよ。この前、渋谷《しぶや》で会った飛鳥さんがボーカル。麗華はベースとコーラス。ドラムは新しく探して」

「え、ちょっと待って。急にどうしたの」

「ずっとモヤモヤしてたんだ。僕もカバーばかりじゃなくて、オリジナル曲を作ってみたいなって。でも今日、飛鳥さんの曲を聴いてずっと踏み出そうとしなかった僕を一緒にやろうよって誘ってくれている気がしてさ」

「都合のいい解釈するね、あんた」

「いいじゃんか別に。どう受け取るかは僕次第でしょ」

「なんか変わったね。暑さで頭やられちゃったんじゃない。でも、いいね。楽しそう」

「決まり」

飛鳥さんもきっと踏み出したいんだ。それが前か後ろかわからないけど、とりあえず新しい一歩を。

「あ、前のバンド終わったのかも。とりあえず戻ろう」

「そうだね」

体育館の方へ向かっていると、植え込みの方から黒い列が地面を這《は》ってこちらへ伸びている。その黒い列を辿《たど》っていくと、足元にはアリの行列が僕の靴の先を綺麗《きれい》に避《よ》けながら、懸命に歩いていた。

僕は、その列を跨《また》いで、麗華の後を追った。

3

好きなことをするにはその何倍も、何十倍も好きじゃないことをしなければならない。

好きじゃないことをするには何十回も、何百回も自分を騙《だま》し続けないといけない。

自分と向き合うということは何十回も、何百回も悩む事になるし、自分と向き合わないとその何倍も、何十倍も後悔する事になる。

そうして苦しんでいる人たちはたくさんいるけど、そんな苦しみさえも選べなかった人たちはもっとたくさんいる。

やりたいこと、知りたいこと、なりたい自分。そんな好奇心や選択肢すらなかった大多数の人たちはその苦しみを羨ましく思うのだろうか。

青春とは、そのまっ只中《ただなか》では気付けないからこそ青春であって、この苦しみを幸せなことだと思うにはまだ若すぎた。

この苦味はいつか美味《おい》しく感じられるのだろうか。

◇花山飛鳥《はなやまあすか》

「やっぱり真波《まなみ》さんのドラム、最高です」

「飛鳥の作る曲がいいから、気持ちが乗っていい演奏出来たのかな」

心地のいい耳鳴りがする。

「楓月《かづき》くんの歌の合間に入るギターフレーズも、目立ちすぎず歌を立たせたフレーズでとても綺麗《きれい》で、麗華《れいか》ちゃんのベースはドラムとしっかり合わせてちゃんとグルーヴがあって歌いやすかった」

「ありがとうございます。麗華と何度も飛鳥さんの曲を聴いて、フレーズ考えたので嬉《うれ》しいです」

「私も気持ちよくベース弾けました」

九畳ほどのリハーサルスタジオで四人も集まると、機材もあるのでかなりの狭さになるのだが、まるで世界中のボリュームが丸ごと上げられたかのように、話し声も大きくなっていた。その証拠に、普段は声を張らない麗華ちゃんの声色がはっきりと輪郭を持って響いている。

「自分の曲がこうしてみんなの演奏で形になっていくこの感覚。最高」

私はマイクの感触を再び確かめる。

「僕も飛鳥さんと音楽できて嬉しいです。思い出すと、すごく恥ずかしい文章だったのですが、あの勢いのまま連絡してよかったです」

「びっくりしたけど、嬉《うれ》しかった。まさか真波《まなみ》さんが来るとも思ってなかったし」

実習の帰り道。楓月《かづき》くんからバンドを組みませんかという連絡があってから、私の心の中でどんどんと増殖していく何かを抑えることはできなかった。選択を迫られた時、心の中の天秤《てんびん》にかけて傾いた方を選ぶとするなら、楓月くんのあの一言が私の天秤を一方へ大きく傾けた。

私の返信を受け取った楓月くんは、すぐに真波さんと麗華《れいか》ちゃんを誘い、「とりあえず一度集まってみましょう」とスタジオを予約してくれた。

真波さんは平日の仕事が終わってからの時間でも大丈夫だと言ってくれたのだけど、流石《さすが》に気を使うので休日の昼間になった。それでも大切な休みの日に時間を作って、私の曲を演奏してくれるなんて申し訳ないなとも考えたが、生き生きと演奏する笑顔の真波さんをみていると、そんな心配はすっかり消えていた。

今日は、ＹｏｕＴｕｂｅに投稿したオリジナル曲の『これから』をバンドで合わせる事になり、アコギだけの弾き語り曲が、ドラムやベース、エレキギターがつくことで一気に世界が広がり、昔、初めて作った曲を真波さんのバンドがアレンジしてくれた時の気持ちが鮮明に蘇っていた。

「もう一度合わせましょうよ。初めて合わせたから思ったように演奏出来なかったところもあるので」と楓月くんが言った。

「そうだね」と私は力強く肯《うなず》いてみせた。

今、音楽をしている。

この瞬間、この空間は間違いなくこの街で一番素敵な空間だった。

それぞれの音は、日々の鬱憤をバネに伸び伸びと鳴り響き、目には見えないが確かに私の天秤の片一方にどんどんと積み上がっていく。


「よかった。飛鳥《あすか》が気持ちよさそうに歌っているところをまた見れて」

練習が終わってギターやケーブルを片付けていると、ドラムはスタジオのレンタルなのですぐに片付けが終わった真波さんが、顔を覗《のぞ》き込むように話しかけてきた。

「真波さんがハジナシのライブに誘ってくれて、楓月くんが動画投稿を勧めてくれて、バンドに誘ってくれたおかげです。ずっと音楽を遠ざけていたのですが、ずっとこの時を待っていたような気もしていて。誰かが背中を押してくれることを」

「飛鳥も意外と臆病なところあるもんね」と真波さんが言った後、片付けを終えトイレに行ってきますと先に部屋から出た楓月くんを確認してから続けた。

「楓月がね。軽音部のライブがあった日、家に帰ってくるやいなや、すぐ私の部屋に来て、お姉ちゃん、飛鳥さんとバンド組もうよって言い出してさ。その時のあの目。久しぶりにあんなキラキラしてる楓月《かづき》を見て、嬉《うれ》しくなっちゃって」

私は、遊びに夢中になっている子どもたちの表情を思い浮かべた。

「昔、私が持っていた女の子を可愛《かわい》く着せ替えてダンスさせるゲームがあったんだけど、そのゲームをしている時くらいキラキラしてたの。この衣装のフリフリがねとか、この髪の結び方が可愛いとか、このダンスは歌と合ってないって文句も言ってたけど。その時と同じ表情で、飛鳥《あすか》さんのこの歌い方がいいとか、このメロディがここでは上がらずに後半で初めて上がるからグッとくるんだよとか、楽しそうに話していて。だから飛鳥には感謝してる」

真波《まなみ》さんは、ドラムへ視線を移した。

「でも、楓月に協力したいからとか、飛鳥に感謝しているから私もバンドに入ろうと決めたわけじゃないよ。むしろそんなことどうだっていいくらい嬉しかったの。またバンドでドラムを叩《たた》けることが。ひどいよね私」

「そんなことないですよ」

「私も飛鳥と一緒で、誰かから誘われることを待っていたのかもしれない。今の仕事は子供が好きだし責任持って面倒見たいと思っているけど、どうしたってその気持ちだけじゃモチベーションを保てない瞬間もあってね。その辛《つら》い瞬間が私を支えている柱を揺らして倒れそうになることがあるの。そんな時は一人でスタジオに入ってドラムを思いっきり叩くことにしていてね。そうすると、私をバスドラムのずっしりとした低音がまた支えてくれて、スネアの突き抜ける音が代わりに遠くまで叫んでくれて、シンバルが小さい悩みなんてかき消すくらい鳴ってくれて。そしたら明日《あした》からまた仕事しようって気持ちになっていたの。私も臆病だね」

真波さんは先輩で、初めて会った軽音部の新歓ライブではかっこよく輝いて見えて、一足先に保育現場でも働いて、とても強く、全部自分で解決してしまう人だと思っていた。

彼女もまたいろんな問題を抱えて、それを音に昇華させている。

その姿を、その音を誰かと共有して誰かに届けたいと考えている。

「私こそ感謝しています。でも真波さんがその気持ちでバンド組んでくれて安心しました。烏滸《おこ》がましいですけど、私や楓月くんのために時間を割いてくれてるのかなって考えたら申し訳ない気持ちになるので」

「そんなわけないでしょ。自意識過剰よ」

「本当そうでしたね。麗華《れいか》ちゃんもありがとう。いや、ありがとうじゃないね。これからよろしく」

「いえ、私はただ暇なので」

麗華ちゃんの淡白な返答に、私たちは思わず笑ってしまった。

スタジオを出ると、待合室の掲示板を眺めていた楓月くんがこちらに気付いて手招きをしている。

「これ、東京大発掘っていうライブイベントの出演者募集のフライヤー」

「何それ？」と私が聞くと、麗華《れいか》ちゃんが「あ、妄想公園が出演していたイベント」と呟《つぶや》いた。

「そう。申し込み時点で結成が一年未満のバンドだけが出演できる大会形式のライブなんですが」

「へー、そんなイベントがあるんだ。私たち一年未満どころか一ヶ月《かげつ》未満だもんね」

「開催が一月。六会場で開催されるのですが、投票形式で勝ち上がれば大きなライブハウスでライブができるようです」

真波《まなみ》さんが飲み干したジュースの空き缶をゴミ箱へ捨て、よし、と声を出した。

「でようよ。とりあえず何か目標はあったほうがいいし、ライブが決まってたほうがモチベーション上がるもんね」

真波さんの決断の速さは軽音部の頃から変わっていなかった。楓月《かづき》くんの表情が明るくなったように見えたが、それは私の目の輝きだったかもしれない。

「やりましょう。楓月くんと麗華ちゃんもいいなら」

二人は目を合わせて、「是非出ましょう」と言った。

「それなら曲作らないとね」と私が呟くと、楓月くんが前のめりで話し始めた。

「じゃあ僕が歌詞を書きます。飛鳥《あすか》さんの作ったメロディに歌詞をつけてみたいです」

「前にやってみたいって言ってたもんね。どうなるかわからないけど、おもしろそう。試してみよ。このイベントの持ち時間って何分くらいなの？」

「一バンド十五分です」と麗華ちゃんがフライヤーを見ながら教えてくれた。

「十五分ならＭＣ入れても最低三曲は必要だね。今日演奏した曲と、これから楓月と飛鳥が作る曲ともう一曲」

　私たちは話に夢中になっていたが店内でかかっていた楽曲をよく聴いてみると、ハジナシの曲だった。思い返せば私たち四人が初めて集まったのもハジナシのライブだったな。

「ハジナシのカバー曲はどう？」と私が提案すると、店内でかかっていたハジナシの楽曲はギターソロパートに入っていた。

「あの日、あのライブを見に行ってなかったら楓月くんとは出会ってなかったし、思えばあれがきっかけだったかも」

「いいね」

　真波さんと麗華ちゃんが賛同する中、楓月くんは何か言いたげな様子で、飲みかけのジュースを握っている。

「あの酔っ払いのサラリーマンにも感謝しないと。ライブハウスの外で絡まれてなかったら」と真波さんが冗談まじりに言うと、楓月くんが遮るように「それは嫌だよ。あれほんと最悪だったんだから」と眉間に皺《しわ》を寄せた。

「僕、このバンドではオリジナル曲だけをやりたいんです。飛鳥《あすか》さんには負担が多いかもしれませんが、僕が歌詞を書くのでもう一曲作りませんか？」

力が入っているのか、少し肩を上げながらまっすぐ私を見つめる楓月《かづき》くんの目は、問いかけというよりも訴えに近いものがあった。

「そうだね、どうせ出るならもう一曲作ろう。メロディだけならすぐ作れるし」

「ありがとうございます」

肩の力が抜けていく楓月くんを見た真波《まなみ》さんは安堵《あんど》の表情を浮かべた。


初めてこのメンバーでスタジオに入って、私の楽曲をバンドで合わせて、まだ応募段階だけどライブの目標や、演奏する楽曲のことも決められた私たちは帰りにファミレスへ寄り、晩ごはんを済ませてから解散となった。今日はとても充実した一日で、気分が良かった私は帰り道に鼻歌まじりでＹｏｕＴｕｂｅを開くと、『これから』が三万再生もされていることに気付いた。

「え、こんなに」

嬉《うれ》しさのあまり思わず声が出てしまった。コメント欄を見ると、八十件近くもコメントがあった。どうして急に再生数が伸び始めたかはわからないが、コメント欄をチェックする。

——おすすめに出てきて聞いてみたら、とてもいい歌声。チャンネル登録しました。

——めちゃくちゃいい曲。次も楽しみにしています。

など沢山コメントが来ている。私はコメントの向こう側にいる人たちの優しい温度感を感じながら、ゆっくりと噛《か》み締めるように一つ一つ確認していく。

そして、その一つ一つがまた私の天秤《てんびん》をある一方へ傾けてくれたが、その中であるコメントが目に留まり、私の中を満たしていた温《ぬく》もりが一気に引いてなくなっていく。

——顔も出さずに弾き語りとかだっせえ。歌もよくないし不愉快。

私の弾き語り動画は顔が映らないように、首から下のみを映した動画だった。

その理由はママに知られたくなかったから。それだけなのに、何故《なぜ》、私はこんなことを顔も出していない知らない人に言われなければいけないのかわからない。

そのコメントをしているユーザーのアイコンは黄色一色にイニシャルなのか、Hとだけ書かれていた。

明らかに攻撃的なコメントは、八十件近くの好意あるコメントのうちその一件だけ。澄んだ水溜《みずた》まりに垂らされたほんの一滴の悪意は、墨汁のような密度の黒さであっという間に水溜まりを濁らせていった。

動画欄のコメントはその動画の投稿者が削除するか、他のユーザーには表示されず、そのコメントをしたユーザーにだけ表示されるように編集できる。

　後者は、悪意あるユーザーに対して角が立たない方法ともいえる。私はこのコメントを削除するため設定を開いた。そして、削除をクリックしようとした瞬間、何故《なぜ》か悔しい気持ちになり、削除できなかった。そのコメントを他のユーザーのコメント欄に表示させない方法もあるのに、気付けばそのままスマホの画面を閉じていた。私の中で、そのコメントを削除するということは、そのユーザーに屈してしまうということだった。

　この動画を、歌を聴いて楓月《かづき》くんは私をバンドに誘ってくれた。その想《おも》いや感性すらも馬鹿にされて黙っているわけにはいかない。

「次の動画は顔出しで歌ってやる」

　まだ暑さの残る九月の夜道、季節を感じさせる虫たちの鳴き声が響き渡る中、私は夜空に向かって大声で叫んだ。

「わあああああああああ」

　真っ黒な夜空で黄色く光っていた満月は、あのコメントをしていたユーザーのアイコンに似ていた。

○風間《かざま》楓月

先週バンドで初めて合わせた高揚感や、飛鳥《あすか》さんの歌を聴きながら弾くギターの感触がまだ残っている間に、飛鳥さんから新曲が送られてきた。

この曲は僕が作詞をするので、まだ歌詞がついていなく、ラララ、と歌いながらギターを弾く動画をもう百回は見ていた。

授業中もそのメロディが頭の中で繰り返され、先生の声が入ってこないまま終わりのチャイムが鳴る。本来、黒板に書かれた文字を黙々と板書するために用意されたルーズリーフには、当てはまりそうな歌詞を何パターンかメモしている。頭の中でその歌詞をAメロに当ててなぞってみると、バチっとハマる部分と、文字がはみ出てしまう部分があった。

他のメモからハマりそうな歌詞を探していると、その様子を見た渡辺《わたなべ》さんが僕の顔を覗《のぞ》き込んできた。

「風間くん、なんだか今日一日楽しそうね」

僕は反射的にルーズリーフを裏返した。

「え、ほんと？」

夏休み明けの席替えで見事渡辺さんと隣同士になった僕は、それだけで表情が緩んでいたに違いないが、顔に出ていたと考えると、とても恥ずかしかった。

「あ、わかった」

何か見抜いたように人差し指を立てて、丸い目を細めた。

「文化祭が楽しみなんでしょ」

僕の高校では十月に文化祭が開催されるので、一ヶ月《かげつ》程前からその準備期間が始まり、今日のHRでクラス企画を決めることになっていた。

「違うよ、そうじゃなくて、いや、文化祭は楽しみだけど。全然違うこと考えてた。いや、どっちにしろ顔に出てたって気持ち悪いよね」

「そんなことないよ。なんだか夏休み前と比べて明るくなってる気がするし、顔に出るってなんだか可愛《かわい》いじゃん」

可愛いと言われたことも、以前と比較できるほど表情を覚えてくれていたことも瞬時には飲み込めなかった。ただ、僕の心臓は大きくドクンと胸を叩《たた》いた。

「そっか、なら良かった。今年の文化祭、バスケ部で試合とかあるの？」と僕は恥ずかしさから無理やり話題を変えた。

「女子バスケ部の試合もあるから、是非みにきて」

「もちろん。楽しみ」

「軽音部でのライブはあるの？」

毎年、文化祭では軽音部でのライブがあるのだが、出演できるバンド数が限られているため、僕らは今年準備役に回る事にした。軽音部でのコピバンはドラムの金山《かなやま》くんのやる気のなさや、今は軽音部より飛鳥《あすか》さんとのバンドを優先したい僕の温度感から、自然と集まることは無くなっていた。

「いや、今年は出ないんだ」

「そっか。いつか風間《かざま》くんのライブも見てみたい」

一瞬残念そうに肩を落としたが、すぐに柔らかな笑みを浮かべた。

「ライブが決まったら誘うね」

ふと教室を見渡すと、HRの時間に先生が教室に来るまで各々席を離れ、仲の良いグループで固まって話している。僕らはその中で、席を動かず二人で話していた。

「去年、私のクラスではアートギャラリーって名目で教室に各々が撮ってきた写真を展示してたんだけど、実際は休憩所って案が通らなかったから多数決で一番楽にできそうな写真の展示になったの。正直、全然楽しくなかった」

「多数決だとどうしてもそうなっちゃうよね」

「二年生は演劇かダンス選べるんだよね？」

「たしか、そうだったね」

「文化祭っていったら、やっぱりみんなで一緒に取り組める演劇がいいな」

僕は演劇やダンスなどではなく、もっと楽にできることの方が良《い》いのだが、そんなこと言えるわけがなかった。気づけば僕は渡辺《わたなべ》さんと同意見のスタンスをとって、「うんうん」と頷《うなず》いてしまっていた。

教室の扉が開き、担任の前川《まえかわ》先生が、「はーい、HR始めるぞ。席つけよー」と言いながら入ってきた。

各々、席にはつくが、まだ教室内はガヤガヤとしている。前川先生は注意するわけでもなく、黙って僕らに冷ややかな視線を送っている。これは、よく先生が使っている、みんなが静かにするまでHRを始めないという手だ。その空気を感じとって、尾を引いていた話し声が徐々になくなっていき、みんな前を向き始める。

「よし、それじゃあ今日は文化祭の出し物決めていくぞ。ここからは学級委員の二人に進めてもらうから、みんな協力するようにな」

学級委員の東《あずま》くんと安藤《あんどう》さんが教壇へ上がって、進行役の東くんがチョークを手に取り、「それではまず、今年の青果祭のスローガンは」と言って黒板に何か書き始めた。

青果祭とは、この学校の文化祭の名前で、野菜や果実の総称ではなく、まだ熟していない青い果実のこと。学校生活や、文化祭を通じて多くのことを学び、成熟して社会に出ていって欲しいという意味が込められていると、去年の青果祭で生徒会長が言ってた。

東くんがチョークを置くと、黒板には『〜アナログ的な繋《つな》がりを〜』と書かれており、教室中で、ざわざわと疑問符が飛び交っていた。

安藤さんが、前の席にプリントを配り始め、東くんがプリントを読み始める。

「僕らは、生まれた時からスマホが普及していて、色んなことが便利な恵まれた環境で育ってきました。ですが、それ故に、リアルなコミュニケーションが希薄化しているのではないでしょうか。今年は、みんなが手を取り合えるような、みんなで話し合って作り上げていける青果祭にしましょう」と平坦《へいたん》に読み上げると、島田《しまだ》くんが冷やかすように「今年の文化祭実行委員はやる気満々ですなあ」と語尾を伸ばしながら言い放った。

東くんはそれには触れずに、「ということで、例年通り二年のクラス企画は、ダンスか舞台演劇なので、まずどっちにするか、多数決で決めましょうか」

東くんはそう言って、『〜アナログ的な繋がりを〜』と書かれている横に、『ダンス』、その横に、『演劇』と書いた。

「では、ダンスがいいと思う人、挙手してください」

パラパラと手が挙がる。僕はいつでも手が挙げれるように、机の上に肘を置いて立てておく。横目で渡辺《わたなべ》さんを見ると、まだ手を挙げていなかった。

東くんが、いち、に、さん、と数えると、安藤さんが『ダンス』の下に一本ずつ線を足して『正』の文字を書いていく。

「十三……じゃあ演劇がいい人、挙手を」

僕のクラスは三十七人なので、この時点で『演劇』に決まっている。僕はそんなことよりも、渡辺さんの動きを横目で確認する。すーっと細い手が挙がるのを見てから、僕も手を挙げた。

どんどんと『正』の文字が書かれていくのを見ながら、こんな時ってなぜ『正』という文字を使うんだろう、と思った。

正しい。正しい。正しい。

『演劇』の下三つ目の正が出来上がった。

これで僕らの方が正しい。

「……二十二」

「あれれ、このクラスって三十七人だよな？　誰だ、参加してないやつ」と島田《しまだ》くんが言うと、中山《なかやま》くんが、「ばーか。東《あずま》と安藤《あんどう》はあげてないから三十五だろ」と言った。

「やっぱりさ、演劇やりたいよね」

渡辺《わたなべ》さんが、僕の方へ向いて普段より少し高い声で言った。共感していることを伝えたくて「そうだよね」と答えたが、少し罪悪感が残った。

「多数決で、演劇に決まりました。それでは、なんの劇をするか決めたいのですが、一旦、案がある人いれば聞いていこうかなと思います」

「はいはいはい」

こう言う時の島田くんは、水を得た魚のように生き生きとしている。

「ロミジュリ」

「ロミジュリ？」

「ロミオとジュリエットだよ。俺がロミオで中山がジュリエットな」

「は？　なんで俺がお前とキスすんだよ」

教室内に笑いが巻き起こる。ふと、渡辺さんがロミオ役で、僕がジュリエット役になった場合を想像してみる。絶対無理。想像しただけで、顔が火照《ほて》ってくるのがわかった。

それに、渡辺さんがロミオ役をやりたいわけがないし、僕がジュリエット役をやれば、笑われるに決まっている。でも、島田くんがジュリエット役をやった時に起こる笑いとは違う気がする。

「はい」

そんな事を考えている僕の横では、渡辺さんが手を挙げていた。

「オズの魔法使い。舞台が夢の国だからセットの見栄《みば》えもいいし、キャラも個性的だから、私たちでも演じやすいと思う。あと、この話は主人公のドロシーが、カカシとブリキとライオンと手を取り合いながら冒険していく話だから、今回の青果祭のスローガンにもあってる気がする」

渡辺さんがそう言うと、女子の「さすが友梨《ゆり》。プレゼンうまー」と言う声や、男子の「名前は知ってるけど、内容わかんね」と言う声が聞こえてくる。僕は小さい頃、家にあった、オズの魔法使いの絵本をよくお母さんに読んでもらっていたことを思い出した。

「渡辺さんもオズの魔法使い好きなんだ。僕も小さい頃よく絵本で読んでた」

「私も。絵本も読んでいたし、お母さんに連れられてミュージカルも見たことがあったの。だから、文化祭で演劇するならこの話がいいなって思ってて」

それから、いくつか案がでてから、また多数決で決めることになった。結果は、渡辺《わたなべ》さんが提案した、オズの魔法使いになった。

役割分担を決める前に、文化祭用の台本を作る必要があり、それに沿って、演者や小道具係、照明係などを決めることになった。

「そうだ、風間《かざま》くん」

渡辺さんが、何か思いついたように、ポンと手を叩《たた》いた。

「どうしたの？」

「二人で台本作りと舞台監督しない？」

「僕らで？」

思いもよらない提案に、うわずった声になってしまった。

「嫌なら全然大丈夫だけど、どうかな？」

「も、もちろん。やろうよ」

こんなことを二人で担当するとは思っていなかったが、僕には断る理由なんてなかった。

渡辺さんが手をあげ、「風間くんと台本作りとか、舞台監督をやります」と言った時、クラスの視線が気になったが、東《あずま》くんが、「スムーズに決まってよかったです。それでは今日はこの辺りで。次回は台本をもとに担当決めていきましょう」と切り上げたので、早く帰りたがっている空気からの解放から、拍手が起こった。その中で、麗華《れいか》だけは不敵な笑みを浮かべながら、僕を見ていた。

みんなが帰る支度を始めている中、渡辺さんが「よろしくね、風間くん」と声をかけてくれたその時、何か大事なチャンスが巡ってきたかのように思えた。ライブの後、飛鳥《あすか》さんの動画をみてすぐに連絡したことがバンド結成につながった時のような。

今、目の前に淡く光るそれは、手を伸ばせば届くことを知っている。

「そうだ。渡辺さん。台本のこととかも話したいし、連絡先とか聞いてもいいかな？」

鞄《かばん》に手をいれ、スマホの形を確かめる。

「もちろん。ＬＩＮＥ教えるね」

僕は内心ガッツポーズをしながら鞄からスマホを取り出すと、外の空気に触れたからか、手に汗が滲《にじ》み出していることがわかった。

スマホを開いてから僕は大事な事を忘れていたことに気がついた。

「あれ、ＬＩＮＥってどうやって連絡先交換するんだっけ？」

「やり方忘れちゃうのってあるあるだよね」と渡辺さんは僕の画面を覗《のぞ》き込み、二次元コードの出し方を教えてくれた。僕の少ないＬＩＮＥの友達《ともだち》リストに追加された、バスケットをする彼女の姿のアイコン。

プロフィールに設定されているBGMは、ハジナシの曲だった。

家に帰るとすぐにお風呂へ入り、ご飯を食べて部屋へ戻った。

帰りに新しく買ったキャンパスノートと、授業中にメモをとったルーズリーフを鞄《かばん》から取り出して、学習机の上に置く。ふと、何故《なぜ》キャンパスノートのことを大学ノートと呼ぶのだろうかと思ったが、そんなことはすぐにどうでもよくなった。

キャンパスノートの表紙に油性ペンで丁寧に『作詞』と書く。これから自由に新しい曲の色を塗ることができる。

僕の中では、真っ白な紙に山の形を書くことが作曲なら、その木々に若々しい緑を与えたり、色鮮やかな紅葉にできるのが作詞だと考えている。

僕は、華やかに色づいていくもみじの中で、色を変えることができなかったもみじがポツンと取り残されている姿を想像した。みんなと同じ場所、環境で生まれたのに自分だけが違う孤独感。もう秋だよ、君もみんなみたいに華やかな色に変わりなよ、と言われても自分ではどうしようもないことなんだ、と答えるしかなかった疎外感。

以前までの僕だと、ただただその淋《さび》しさを綴《つづ》るだけの暗い歌詞になっていたと思うが、今はそうじゃない。どうにかして、一枚だけ色を変えることができなかったもみじを、肯定してあげたい気持ちになっていた。

ハジナシのボーカルの重田《しげた》さんは、みんな自分が好きな格好で、好きに生きていけばいいと歌っている。聴いた人たちに強く生きていくための勇気を与える歌だ。

一方で、自己主張できないけれど、この生き辛《いづら》さから抜け出したい、少しでも楽になりたいと思っている人たちはどうだろうか。本棚から辞書を取り出して〝肯定〟の文字を引いてみる。

『そのとおりであると認めること。また積極的に認めること』

君はみんなとは違う特別な人間なんだ、それはとても誇らしいことだよ……。

違う。こんなこと言われても納得がいかないし、胸の中に漠然とした違和感が残っていた。

僕は特別な人間なのだろうか。麗華《れいか》はどうだろう。真波《まなみ》さんは。中山《なかやま》くんや広坂《ひろさか》先輩は。

普通。特別。異常。

自分で無意識にその線引きをしようと、自ら生きる範囲を狭めているのかな。

Aメロにハマっていた歌詞には、僕らが感じる大きな不安や不満を描いている。

Bメロでは本当にそれは僕らだけの特別な悩みなのか、今一度立ち止まることでそこに救いの糸口が見つかるかもしれない。

頭の中だけでイメージを広げて、それを文字にすることで考えがまとまってきた。

Bメロの音符に対して一音一音おさまるように配置してみると、なんとなくだがAメロからBメロが出来上がった。

ギターをケースから取り出して弾きながら歌ってみると、今まで感じたことのない感情が体の底から溢《あふ》れ出してくるのがわかった。喜びでも、怒りでも、哀《かな》しみでも、楽しみでもないそれは、創作でしか生まれない感情。

もう一人の僕が生まれたような不思議さだった。

僕から出てきたこの言葉たちが違和感なくこのメロディにハマったのは、飛鳥《あすか》さんの作曲あってこそ。

何度か作曲に挑戦したものの、全て納得いかなかった。早くこの曲を完成させて、飛鳥さんの歌声で、バンドで合わせたいなと考えていると、スマホから通知音が鳴った。画面を見るとそこには渡辺《わたなべ》さんの名前が。

渡辺『渡辺友梨《ゆり》です』『急な相談なんだけど、ギター初めて買うならおすすめとかある?』

渡辺さんから連絡がきた嬉《うれ》しさを噛《か》み締める間もなく、驚きで上塗りされる。台本のことかと思ったのに、ギターの話?

楓月《かづき》『渡辺さん、ギター始めるの?』

渡辺『風間《かざま》くんにおすすめしてもらった曲聴いてると、なんだか弾いてみたくなっちゃって』

楓月『それは嬉しいな』『初めてのギターは絶対見た目で決めた方がいいと思うよ。予算の問題とかもあるけど、見た目が好きだったら弾きたいって気持ちも強くなるし』
ギタースタンドに立てかけてあったギターの写真を撮って、追加で送ってみる。
楓月『このギターも見た目が好きで買ったんだ』
渡辺『真っ白で可愛《かわい》い！』『こんな形のギターもあるんだね』と渡辺さんから。
楓月『テレキャスターって名前の種類で、楽器屋に行けば他にもいろんな種類があるよ』
渡辺『そうなんだ』『もしよかったら、今度楽器屋に行くのついてきてくれない？』
僕は部屋に一人でいることすら忘れて思わず、「行く！」と声に出した。
楓月『楽器屋行くの好きだし、一緒に楽器選び手伝わせて』
渡辺『やった。その時に、台本のことも決めようよ』『今週の日曜日とかどう？』
楓月『そうだね。日曜日は何も予定はないから大丈夫だよ』
昂《たかぶ》ったこの気持ちをどうにか落ち着かせようとしたが、無意味に立ち上がったり、スマホを閉じてもまた開いて、何度もトーク履歴を遡り出してしまう自分がいた。
今までなんの進展もなく、ただのクラスメイトだった二人の距離が一気に縮まったようだ。どうにかこの熱を体の中から出さないと、エネルギー過多によって爆発してしまう気がした僕は、おもむろにギターを抱え、目一杯かき鳴らした。
アンプにはつながってはいないが、まっすぐで豊かな音が鳴り響いているように聴こえる。リビングにいる家族や近所には聞こえないが、渡辺さんには届いていそうな音が。

もう少し大きな音で、と力を込めた瞬間、バチンと非情な音がした。

「あ、弦切れた」

僕も、楽器屋で買うものができてしまった。

◇花山飛鳥《はなやまあすか》

「誕生日おめでとう、千紗《ちさ》」

「飛鳥ありがとうー。私もついに二十歳になっちゃった」

先日、千紗が誕生日を迎えついに二十歳になったので、誕生日のお祝いに二人で飲みに行くことになった。場所は千紗のリクエストで、どこにでもある普通の大衆居酒屋。

土曜日ということもあり、店内はほぼ満席状態で、隣のテーブルともかなり距離が近く、声を張らないと会話があまり聞こえないくらい騒がしかった。

「ずっと居酒屋で飲んでみたかったんだよね。あ、あれ言っていい？」

「あれ？」

千紗がすみません、と手を挙げ店員さんを呼ぶと、同い年くらいの派手髪の男性店員が席へやってきた。

「注文いいですか？」

「はい、どうぞ」

千紗はなぜか私の顔を見てから、店員さんに視線を戻して「とりあえず生ビールで」とわざとらしく言った。

「ちょっと、笑かさないで」

「これ、言ってみたかったの」

うちうちのノリに付き合わされ、他の業務に支障が出ることを不快に思ったのか、店員さんがこちらに一瞥《いちべつ》もくれず「以上でいいですか」と淡白に言い放った。

私は「ビール二つで。以上で大丈夫です」となるべく早めにまとめて、私たちに捕まっていた店員さんを解放してあげた。

ビールが届き乾杯しようとすると、「ちょっと待って」と千紗はスマホを取り出して、動画を撮り始めた。

「じゃあ、飛鳥。乾杯の音頭を」

「何それ。もう。えーっと。千紗、二十歳の誕生日おめでとう。乾杯」

「乾杯」

千紗は二口ほどごくごくと飲み、ジョッキを置いて口角を下げながら顔をしかめた。

「どうですか、初めてのお酒の味は」

「んー。まずい」

「ははは。ビールは味じゃなくてのどごしだとか言うもんね」

「のどごしとか言われても全然わかんない」

「甘いお酒にしてみなよ」

「次はみかん酒にしてみる」

　誕生日プレゼントに、私の好きなアパレルショップで買ったパーカーをプレゼントした。それからお互い三杯くらいお酒を飲むと、千紗《ちさ》の頬《ほお》はほんのり赤く染まってきていた。

「そういえば、飛鳥《あすか》の歌っている動画すごく再生されてるよね」

　顔を出しながら弾き語りをしている動画を何本かあげ、その動画を十五秒程度に切り取ったショート動画もアップしていたのだが、『これから』のショート動画が一週間ほどで五十万再生もされていた。

「なんでそうなったかわかんないけど、急に伸び始めたんだよね」

「すごいよ。私は飛鳥みたいに歌ったり、曲を作ったりできないから。何かを自分で作って、それが評価されるって誇らしいことじゃん」

「誰だってやってみれば意外とできたりするものだって。でも、歌い始めたのは千紗が真《ま》波《なみ》さんと会わせてくれたおかげだから、千紗には感謝してる」

「いえいえ。私も小さい頃から楽器とかスポーツとかしときたかったな。ずっと続けていれば、今頃ちょっとは形になっていたかもしれないし。でも、これといって興味が湧くものがないのが悩みなんだよね」

「別に無理して興味ないもの始めたりしなくていいじゃん。何かに取り組んでいる人が偉いってわけでもないしね」

「今、一番ハマってるのが飛鳥の歌だもん。動画のコメントとかよく見るんだけど、たまにムカつくコメントがあるから、この前そのコメントに、わざわざそんなこと書くな、って返信しちゃった」

「うそ。ほっといて大丈夫だよ、そんなの」

バンド内でもショート動画の『これから』が急に伸び始めたことをみんなが喜んでくれて、私もこんなにたくさんの人に自分の音楽が届くことに希望のようなものを感じていた。

その反面、以前の何倍も、何十倍も批判のコメントがきていた。

顔を隠せば卑怯《ひきょう》だと言われ、顔を出せば歌で勝負しろと言われる始末。でも、そんなことより、今は音楽ができて、間違いなくどこかの誰かに届いていることが嬉《うれ》しかった。

「初めは私だってムカついたけど、もうそんなどこにでも湧いてくるようなコメントなんかどうでもいいや、ってなってさ。私は自分の歌に自信も持てるようになったし、自分の曲を好きだと言ってくれるメンバーや、フォロワー、それに千紗もいるし。何より、今は音楽がすっごく楽しいから」

千紗は、「その考え方」と言って一拍置いてから、「サイコー」とグラスを持ち上げたので、私も「はい、かんぱーい」と言ってビールを飲み干した。

店員さんにもう一杯ずつお酒を注文して、私はトイレに行くため席を外した。

戻ってくると千紗《ちさ》が隣のテーブルで飲んでいた二十代前半くらいの男性二人と何やら会話をしているようだった。

「あ、お友達《ともだち》帰ってきたよ」

「飛鳥《あすか》。なんかナンパされてる」と千紗が言った。

「え」

「違う違う。普通に一緒に飲まないかって聞いてただけ」

私は席について、届いていたハイボールを一口飲んだ。

「それをナンパって言うんでしょ」

「まあまあ、なんでもいいでしょ。ちょっと飲もうよ」

千紗は両肘をテーブルにつけて、手に顎を置いて、「奢《おご》ってくれるんですか」と語尾を伸ばし気味に言った。こんな千紗は見たことがなかったので、かなり酔っているようだった。

「全然奢るよ」

普段はどうでも良かったが、私も酔っていたのと、千紗が勝手に受け答えしているのでてきとうに話を聞くことにした。

「二人は学生？」

「うん。保育の専門に通ってる」と千紗が答える。

「そうなんだ。保育士ってなんかいいね」

「何それよくわかんない」と千紗が笑った。

本当によくわからない。

「てかさ、盗み聞きするつもりはなかったけどさ、君たち音楽してるの？」

「ううん。私じゃなくて飛鳥がやってるの。めちゃくちゃいいんだから」

「そうなんだ、飛鳥ちゃんの活動名は？」

「私は本名の飛鳥で活動しています」

へー、と言いながら特に調べる訳でもなく「俺たちも二人で音楽やっててさ」と自分達の話を始めた。

「俺がギターを弾いて、こいつがボーカル。普段、路上でカバー曲を演奏しているんだけど、ＹｏｕＴｕｂｅもやっててさ」

それが二人のいつもの合図かのように、ボーカルがスマホの画面を私たちに向け、「これこれ」とバンドのチャンネルを見せてきた。動画欄には路上ライブの動画もあるが、よく見かける何万円分の〇〇を食べてみたや、ゲーム配信なども投稿されていた。

「すごい。結構再生されているんですね」

「それなら、飛鳥《あすか》の作った歌の動画もめちゃ伸びてるよ」

千紗《ちさ》もなぜか対抗するようにスマホを取り出して、私の動画を二人に見せ始めた。

「待って、この曲知ってる。本人だったんだ。すご」

「でしょー。めちゃくちゃいい曲なんだから」

「あんた、なんで自分の事みたいに話してるの」

千紗はまるでスタンプみたいに、片目を閉じて舌をぺろっと出した。

「俺この曲のサビ歌えるもん。そうだ、提案なんだけど、今から路上でコラボライブしない？」

「コラボ？」と私は聞き返した。

「ついさっき路上ライブして、終わってからこの店に来たんだけど、機材はあるから二人でこの曲を歌って動画撮ろうよ」

「えー、いいじゃん聞きたい」

「ちょっと千紗」

「だって飛鳥の生歌聞いた事ないもん」と千紗は目を輝かせながら、お願いをするポーズをとった後、「それに……」と私の方へ体を近づけて小さい声で「飛鳥がもっと有名になるチャンスじゃん」と囁《ささや》いた。

店を出る際に、二人がレジ横に置いてもらっていたギターケースと持ち運びできる小さいアンプを二つ、ケースに入ったマイクスタンドをとって、四人で駅前に向かった。

時刻は二十時頃で、駅周辺にはたくさんの人たちが行き交っており、駅前の待ち合わせ場所にちょうど良さそうな広場でセッティングを始めた。

ここへ向かう途中、二人のＳＮＳでまた路上ライブをすることを宣伝していたので、まだこの辺りにいたファンなのか、セッティングしていると何人か集まってきた。

持っていたアンプにマイク二本を接続できるらしいので、まず三曲ほど彼らが演奏してから、最後一曲に『これから』を一緒に歌うことになった。

集まってきたファンらしき人たちは十数名ほどだったが、人が人を呼んだのか、三曲歌い終わる頃には三十人近くは集まっていた。

「今日はみんなわざわざ足を止めて聞いてくれてありがとう。最後に一人特別ゲストとコラボしようかと思うのですが、いいですか」

ボーカルがそう聞くと、拍手が起こった。私は内心、そんな紹介の仕方をされても誰も知らないから困るなあと思いつつも、この人だかりの前で自分の曲を歌うことが楽しみになっている。

「じゃあ、飛鳥ちゃん」

呼び込まれたので、ボーカルの横まで歩いて行き、マイクを取る。

誰かはわからないが一応しておこう、といった雰囲気の拍手の中で千紗《ちさ》の「イェーイ」という声が一際目立って聞こえてきた。ギター担当の男性は私にギターを渡して、観客の方へ周り、動画を撮り始めた。

「初めまして、飛鳥《あすか》です」

「今SNSでバズっている子なんだけど、偶然そこの居酒屋で会って、急遽《きゅうきょ》コラボすることになったんで、一曲だけ一緒に歌おうと思います。じゃあ、飛鳥ちゃん。タイトルコールをお願い」

まさか、初めて人前でこの曲を歌うのがバンドではなく、こんな形での披露になるとは思ってもみなかった。

だけど、この状況は私が自分の心に正直な選択を繰り返してきた結果で、確実に私の世界が変わり始めている現れでもあった。

「では、私のオリジナルソング。『これから』聞いてください」

肺いっぱいではなく、自然に止まるくらいまで息を吸って吐いた。酔いを覚ましすぎないほどの冷たい秋の空気は、街と人の寂しさを含んでいる。

伴奏を弾き始めると、壁で囲われている自分の部屋で鳴らすのとは違って、ギターの音が遠くの方まで飛んでいくような感覚になった。

ゆったりとしたテンポに合わせて、みな体を横に揺らしている。まだ体に残るアルコールと相まって、世界全体に溶け込んだような視界になり、曲のリズムに合わせて地球が回っている気さえしてくる。

私は歌った。できるだけ一つ一つの言葉が聞こえるように。

それは単に大きく、力強くということではなく、大事に響かせることを意識して。

これまで私の歌を聞いてくれていた人たちは顔は見えず、画面上に表示されていたのは表情のわからない丸いアイコンだった。

今は千紗の顔が見える。見知らぬ人々の顔が見える。

ハジナシのライブを見ていた自分はまだ何者でもなかった。今の私は、ここにいるみんなの目にどう映っているのだろうか。

サビに入ると聞き覚えがあったのか、何人かがハッとしたような顔をしたり、通りがかりに足を止める人もいた。ボーカルがスマホで歌詞を確認しながらハモリを歌ってくれている。

しかし、メロディラインをなぞってハモリを入れているだけ、それだけだった。この人の歌声には、私や楓月《かづき》くんが抱える、どうしようもできないことに向き合うための、痛みがなかった。

ふと、近くで歌を聞いてくれている人たちから視線を外すと、少し離れたところで立ち止まりこちらを見ている男性がいる。土曜日にも関わらず、スーツ姿でビジネスバッグを持っている男性は、渋谷《しぶや》ですれ違ったあの疲れ切った表情のサラリーマンに見えた。

最後のサビが来る。私はボーカルと目を合わせて、彼が歌い出そうとする前に手のひらを広げて向けて、止めるように合図した。

なんのことかわからないまま、マイクを口元から離す彼を見てから、私は最後のサビを一人で歌い始めた。

○風間楓月《かざまかづき》

日曜日の十五時に、御茶ノ水《おちゃのみず》の駅前で渡辺《わたなべ》さんと合流することになった。僕は、ぼーっとしながら街ゆく人の服装を何となく眺めるのが好きだった。

普段、学校ではみんな一緒の制服姿。私服には、その人の好みや個性が現れ、着ている服によって気分が変わったりもする。

今日は、この前に購入した秋っぽいブラウンのカーディガンを羽織っている。そこまで張り切った印象はないのと、季節感を取り入れつつ、毛足が長くふわふわしているので、可愛《かわい》くて気分が上がる。ニットワンピースの上に、このカーディガンを羽織っても可愛いだろうな。パンツはチャコールグレーのスラックス。使い勝手がいい色でトップスにトレンドのカラーを入れやすいのと、センタープレスのストレートタイプなので、足が長く見えるのがお気に入り。

改札からぞろぞろと人が出てくる。その中から、渡辺さんが出てくるのを見つけたので、僕は小走りで駆け寄った。

「渡辺さん、おはよう」

「おはよう、ごめん待った？」

僕の学校ではメイクが禁止されているので、渡辺さんのメイク後の顔を見るのは初めてだ。ブラウン系のアイシャドウは目元を大きく見せ、目頭と目尻が一直線上にあるアーモンドのような目は、可愛さもありながら美しさも兼ね備えている。自然な血色感のチークは、渡辺さんの内側から出る暖かさを表しているみたいだ。

「ううん、今来たところ」

「学校以外で風間くんと会うの初めてだから、なんだか不思議な気持ちだね」

シンプルな黒ニットに、白と黒のチェック柄のスカート、足元はショートブーツの渡辺さんは、高校生には見えない都会的で大人な印象だ。

「そうだよね。制服しか見たことないから。渡辺さん、私服オシャレだね」

「ありがとう。風間くんの私服も素敵。カーディガンかわいいね」

「ほんと？　嬉《うれ》しい」

素直な嬉しさと照れによって、次に出る言葉が詰まってしまう。

少し空いてしまった会話の間が、浮き彫りにする緊張感を意識させないために、「あっちに楽器店がいっぱいあるよ」と言って目を逸《そ》らした。

御茶ノ水《おちゃのみず》駅周辺には楽器店が多く、大通りに出るとたくさんの楽器店が、弁当箱のおかずのようにぎっしりと立ち並んでいる。その中には管楽器専門店やバイオリン専門店、左利き用ギターに特化した店など、多種多様な店が点在する。

「ここならきっと気に入るギターが見つかると思う」

とは言ったものの、僕も御茶ノ水へ来るのは初めてだったので、どの店が初心者におすすめなのかはわからない。とりあえず僕たちは、当てもなく通りを歩いてみることになった。

この辺りには音楽が好きな人、楽器に興味がある人ばかりがいる。僕と渡辺《わたなべ》さんにも新しく、いや、初めて共通言語が出来たことが嬉《うれ》しく思えた。一通り見てから、店頭に出ている楽器が比較的良心的な値段の店に入った。

「こんなにたくさん楽器があるんだ。これ全部ギターなの？」

「ベースもあるかな。ギターと違って、弦が四本の低い音が鳴る楽器」

渡辺さんは、まるでおもちゃ屋にきた子供のように目をキラキラさせ、店内を見渡している。

僕の家には合計二本のギターがあるが、たとえギターを何本持っていても、楽器店には僕らの子供心をくすぐるものがある。

「色んな形のギターがあるんだね。風間《かざま》くんのテレキャスターってギターは？」

「僕のは……これだ。横にあるのがストラトキャスターって名前で、多分パッと想像できるギターだと思うんだけど、形だけじゃなくて音も違うんだ」

「そうなんだ。風間くんは見た目でこのギターを選んだの？」

「それもあるけど、テレキャスターって元はブロードキャスターって名前だったんだ。でも、その名前が使えなくなっちゃって、それからテレキャスターの名前がつくまではモデル名がなくて。見た目は変わらないんだけど、その時期の個体はのちにノーキャスターって呼ばれるようになったらしくて。それが、僕と重なる部分があって」

「重なる部分」

渡辺さんは、その言葉の意味を確かめるように繰り返した。

「両親は僕が生まれる前、女の子だったら葵《あおい》、男の子だったら楓月《かづき》って名前に決めていたらしくて、たまに、葵として生まれていたらどんな人生になっていたのかなって考えることがあるんだ」

女の子に生まれていれば、葵としての人生を送っていたかもしれない。

どうしようもないことを、どうしようもできない場所で吐露していると、店員さんが視界の端の方から近づいてくるのがわかった。

「試奏もできますのでよかったら声かけてくださいね」

「はい、ありがとうございます」

店員さんが離れていくのを見てから、渡辺《わたなべ》さんは僕に耳打ちするように、「しそうって？」と訊《き》いてきた。

「気になる楽器があれば試しに弾くこともできるよってこと」

「なるほどね、やっぱりついてきてもらってよかった。一人じゃ何もわからないから怖くて来れないもん」

すっと何かが引いていく感覚になった。僕は何を勘違いしていたのか。

渡辺さんの目的はあくまでギターを買うこと。僕はそのためによばれただけで、それ以上でもそれ以下でもない。

もしかしたら、渡辺さんは僕のことをちょっとは気になっているのではと、勝手に一人で舞い上がっていた。

でも、そんなはずはない。学校には同じバスケ部の中山《なかやま》くんのように、男らしく、背も高く、運動神経だっていい人がいる。また、周りの音が徐々に遠ざかっていく。

その中で、低く重心を支えるような太い音が聞こえてきた。ちょうどベースのような。いや、ベースそのものだ。店内の音がする方を見ると、ベースを試奏している人がいた。

ふと、麗華《れいか》の顔を思いだす。渡辺さんは麗華と仲が良かったはず。ただ楽器店に行くだけなら麗華でも良かったのでは、といった考えがよぎる。

「でも、ついてくるだけなら麗華でも……」

口に出してから、こんなこと訊いても渡辺さんを困らせるだけだと気づいた。

謝らなきゃ。つい楽器の方へ逃がしていた視線を渡辺さんに向けると、彼女の眉は少し下がり、どこか不安げな表情を浮かべていた。

「迷惑……だった？」

「ごめん、そういう意味じゃないんだ、なんていうか、ただ付き添うだけなら麗華じゃなくて、僕で良かったのかなって」

渡辺さんの顔からゆっくりと緊張が解かれていくのがわかった。

「私は風間《かざま》くんと、楽器も一緒に見て欲しかったから、一石二鳥って感じだよ」

こんな事、聞かずとも今この状況が全てじゃないか。数十秒前の僕を殴ってやりたい気持ちになっていた。

これは僕の悪い癖だ。周りの言葉が僕というフィルターを通ると、本来の意図とは違った、過度な意味づけがされてしまう。

「ごめんね、変なこと訊いちゃって」

渡辺さんはニコッと笑いかけてから、「これ、可愛《かわい》い」と薄い黄色のテレキャスターを指さした。しかし、「え？」驚いた様子で声を漏らした。

「十万……」

渡辺《わたなべ》さんは一歩、後ずさりした。

僕らはその後、他のテレキャスターを探しに他の店も回ることに。

二軒目に入った客層が比較的若い店で、黄色のテレキャスターに小さい家庭用のアンプと、ケース、チューナーやギタースタンドまでついて二万円ほどの初心者セットが売られていた。この子は私と出会うためにここにいたのよ、と渡辺さんが目を大きく見開いて、嬉々《きき》とした様子が窺《うかが》えた。その姿はまるで運命の出会いを果たした少女のようだった。

試奏、と言っても一度だけ何も押さえずにじゃらんと弾いただけ。その何も負荷がかけられていない開放弦の音を聞いて、大きく頷《うなず》いた渡辺さんは、これだ、と決意していた。

流石《さすが》にそのセットを持ち帰るのは厳しいので、家へ配送することもできたが、ギターだけは背負って帰りたいと言って、それ以外を送ってもらうことにした。

時刻は十八時過ぎ。オズの魔法使いの台本を作る必要があった僕らは、カフェへ寄ることになった。

「今日はついて来てくれてほんとありがとう」

「全然、大丈夫。僕も新しいギター欲しくなっちゃった」

窓側のテーブル席へ案内され、渡辺さんは紅茶、僕はホットコーヒーを頼んだ。向かい合わせで座っているので、お互いの顔や所作がよく見える。

　僕は緊張から、先に出された水を全て飲み干してしまった。

「楓月《かづき》くんはすぐギター弾けるようになった？」

「買った頃なんか全く弾けなかったよ。初心者の最初の難関は、おさえるのが難しいFコードなんだけど、指が痛くて一番簡単なEmコードすら押さえられなかったもん」

「そこから弾けるようになるまで諦めてないのがえらい」

　艶《つや》やかな赤みが入ったリップは、少し拭き取ったのか、いつの間にか薄くなっている。持ち手が九時方向になるように置かれたティーカップを、右手でくるりと三時方向まで回してから飲む渡辺さんの所作は、とても上品に見えた。その上品さの対比かのように、渡辺さんの後ろの壁には、ギターが入った真っ黒で無骨なソフトケースが立てかけられている。

「唯一好きなことだから。渡辺さんもバスケ部なのに、楽器も始めるなんてすごいよ」

「新しいことを始めようとする時って、すごくエネルギーが湧いてこない？　これからどんどん上手《うま》くなっていったり、知識が増えていくことを考えるとワクワクしてくるし。この感覚が好きってのもあるかも」

　一見、品と大人っぽさもありつつ、時折、見せる好奇心に満ち満ちたエネルギッシュな言動が、多面的な魅力を出していた。

「僕も最近、新しいバンドを組んだんだ」

「軽音部じゃなくて？」

渡辺《わたなべ》さんの上には疑問符が浮かんでいる。

「うん。麗華《れいか》は一緒だけど。でもバンド名が全然決めれなくて。近々イベントでライブをするかもしれないから、今月中には決めないとなんだけど」

「どうやって決めているのかな。メンバーの頭文字とか。他は誰がいるの？」

「実はドラムが僕のお姉ちゃんでさ。お姉ちゃんの友達《ともだち》の花山飛鳥《はなやまあすか》さんって人の歌声がすごく好きで。それに作る曲も最高だったから、僕からぜひ組みませんかって誘ったの。だからお姉ちゃんは無理矢理《むりやり》誘ってさ。麗華はほぼ強制」

「そうなんだ。お姉さんいたんだね。いいな」

「渡辺さんは兄弟いる？」

「弟が一人。だから、私にもお姉ちゃんがいたらなって考えることがある」

「渡辺さん、お姉さんぽい。しっかりしてそうだもん」

「ズボラなところもあるけどね。風間《かざま》くんもきっといいお兄ちゃんになれると思うわ。優しいし。ちゃんと話を聞いてくれるし」

僕は首を横に振った。

「僕なんかお兄ちゃんになれないよ。頼《たよ》り甲斐《がい》がないし、男らしくもないし。お兄ちゃんなんだからって怒られている姿が想像できるくらい……」

「そんなことないわ。今日だってすごく頼りになったし」

そう話を遮った渡辺さんの声は、今までの柔らかなトーンとは違った硬さと、語気の強さがある。

僕はまた、ネガティブな発言をしてしまったことに気がついて、「ありがとう」と空気混じりの声で言ってから、窓の外へ視線を外した。空は少しのオレンジを残しながら陽《ひ》が落ちていて、街灯が等間隔に道をポッポッと照らし始めていた。

「そうだ、台本のこと決めないとね」

渡辺さんが話題を変えてくれた。

「そのために来たもんね。持ち時間は二十五分だから、細かくは出来ないからなあ」

「初めの飼い犬のトトがガルチの農場で悪さをして怒られてから、ドロシーが『虹の彼方《かなた》に』を歌って、ここではないどこかへ行きたいって考えるところはしっかりやりたいの」

「そこを削っちゃうと、どうしてオズの国へ行ったのかわからないもんね」

「農夫の人がドロシーに、トトを農場に連れて行かなきゃいいじゃんって言ったのが、私的にも納得いったんだよね。ドロシーも反省しないと」

渡辺さんの指摘は意外なところだった。僕はそんなことは考えたことなく、ドロシーと同じように、悪さをしたからってトトを処分しようとしたガルチが、まるで魔女のように思えて怖かった。

「風間《かざま》くんは印象に残ってるシーンある？」

「僕は、臆病なライオンが自分のことをタンポポなのさって歌ってたところかな。当時、お母さんになんでタンポポなのか聞いたことがあって、タンポポは英語でダンデライオンって呼ぶからじゃない、って教えてもらったのを覚えてる」

「わかる。オズの魔法使いがライオンに言った、危険から逃げることは臆病じゃないってすごくいい言葉だと思う」

「それは、そうなんだけど……」と僕はまた尻すぼみ気味になっていく。

「ライオンに生まれたからには、周りから強い心を求められるじゃない？　それに応えられないもどかしさと、ライオン以外に生まれることができたら、もっと幸せだったんじゃないかなって」

渡辺《わたなべ》さんが黙って俯《うつむ》くと、顔に少しの影が落ちた。それは、初めて見る表情だった。

「世間一般に求められている姿になろうとしなくていいと思う」

そう言って顔を上げると、さっきまでの影は消えていた。

「そんなこと言ってくる人は、相手が自分の強迫観念を押し付けているだけ。相手もこうあるべきって考え方に縛られて苦しんでいるから、他人に押し付けちゃうんだよ。それにさ、オズの魔法使いでもそうだったじゃん。ライオンの勇気も、カカシの考える力も、ブリキの心も、みんなはじめから持ってたんだって。風間くんも自分に足りないって感じるものは案外、もう持ってるかもよ」

渡辺さんは、自分が熱くなってしまったのを自覚してなのか、一呼吸置いてから紅茶を飲んだ。

「僕の悪い癖なんだ。何でも卑屈に考えちゃって。最近はなるべくポジティブになろうと考えているんだけど」

渡辺さんは少し考えるそぶりを見せ、短く息を吐き、ふふっと笑った。

「でも、そこが風間くんの好きなところでもあるよ」

「え？」

「痛みを知っている人は暖かさの正体を知っている。その暖かさを知っている人は、誰かの痛みに寄り添えるじゃん。風間くんは優しい人だと思う」

違う。僕は暖かさの正体なんか知らなかった。今の今までは。

渡辺さんは痛みを知っている人だ。僕が歌詞に込めたかったもの。肯定。

僕が書けるのは、周りに流されない強さでも、僕らは特別だからと見ないフリをすることでもない。

みんな生《い》き辛《づら》いんだ。痛くて苦しくて。

それでも、こんな世界にも、確かな暖かさはある。

「風間くん?」

僕の目から気付かないうちに、積もり積もっていたこの世界の優しさが一粒、雫になって落ちかけていた。僕は気づかれないうちに、目を擦《こす》り、拭き取った。

「ありがとう」


ある程度、台本ができたのでカフェを出た僕らは、駅まで二人で歩いていた。途中、すっかり陽《ひ》が落ちた夜空を見上げると、大きな満月が出ていた。

「あ、満月だ。今日は十五夜だったかな」

僕が月を指さすと、渡辺《わたなべ》さんは見上げて「月の裏側は私たちには見えないんだよね」と言った。

「じゃあ月の本音はわからないんだ」と僕は月を見ながら言った。

「もし月が振り返ったら、なんて言うのかな」

「私、綺麗《きれい》？　とかじゃないかな」と、僕が揶揄《からか》うと渡辺さんは、「これでも……」と口を大きく口を広げ出した。僕が思わず笑うと、渡辺さんもつられて笑う。

「あ！」

僕は、あるひらめきと同時に声をあげてしまった。

「どうしたの？」

「バンド名、思いついた」

「え、なになに？」

「花鳥風月《かちょうふうげつ》。メンバーの花山飛鳥《はなやまあすか》。羽鳥麗華《はとりれいか》。風間真波《まなみ》。みんなの名前も入っていて、女の子だったら葵《あおい》って名前になったかもしれなかった僕が、楓月《かづき》として生まれた。月が加わって、花鳥風月」

「花鳥風月。自然の中の美しさ。いいね。すごくいい」

◇花山飛鳥

路上ライブＹｏｕＴｕｂｅｒとのコラボ動画が拡散され始めて二週間ほど。中学や高校の友達《ともだち》からも、「飛鳥、有名人じゃん」などと連絡があり、数年前に送り合ったスタンプが最後の連絡だった知り合いからは、「これ、もしかして花山？」と温度感がわからない連絡も数件届くようになった。

ずっと決まっていなかったバンド名が決まり、メンバーのＬＩＮＥグループ名が、花鳥風月になってから間も無く、あの動画の話題で持ちきりだった。

楓月『動画めちゃくちゃ再生されてますね！』

真波『ほんとだ……もうショート動画が三百万再生って飛鳥すごいじゃん』

飛鳥《あすか》『このYouTuberの影響あってだとは思うんですが、自分のことじゃないみたい』

楓月《かづき》『いろんな人が切り抜き動画を勝手に上げているようですが、全部足すとすごい再生数ですよ』

路上ライブYouTuberのチャンネルで上げられている、フル尺の動画は二十万再生。私のチャンネルでは、サビの部分をショート動画で上げていたのだが、その動画は百万再生をこえている。

しかし、一番多い再生数の動画は、あのライブの日にその場にいた誰かが動画を勝手にとって上げたものだった。タイトルには『サビを横取りした美女が歌うまだった件』と書かれている。

色々とツッコミを入れたくなるが、この動画がなんと三百万再生を突破していた。

飛鳥『もしかして、私、バズってる？』

真波《まなみ》『よっ！　人気者！』

麗華《れいか》ちゃんが途中、謎の髭《ひげ》を生やしたウサギのスタンプを送ってきたが、ジャンプしてはしゃいでいるスタンプなので、喜んでいるようだった。

楓月『でも、バンドが始まる前に、飛鳥さん自体の知名度も上がって嬉《うれ》しいです』

飛鳥『どうにかバンドに還元できるように頑張るね』

動画を上げるきっかけになったのは、楓月くんが勧めてくれたからで、このコラボ動画も私の歌声を好きと言ってくれた千紗《ちさ》のおかげだ。私一人では何もできなかった。

背中を押してくれているみんなのためにも、もっと知名度をあげて引っ張っていけるようにならないと。

しかし、それに伴って、私に投げられる石の量は増えるばかりであった。

気にしないようにはしていたが、千件近くのコメントがあると、ついつい見てしまう。まるであら探しをするかのように。

ほとんどが好意のあるコメントのはずなのは分かってはいるが、コメント欄をスクロールする指が止まらない。

案の定、そんなコメントはすぐに見つかり、反論するためのスイッチがカチッと押される。

——歌うまいけど、服ダサいし、美人か？

私はそんなところを評価して欲しいなんて一言も言っていない。

——横取りとか卑しいやつ。男の人、歌うの止められてて可哀想《かわいそう》。

あの後、ちゃんと謝罪はしたし、彼らはちっとも怒っていなかった。

一通り見て、頭の中で反論していると、今度は情けなさが押し寄せてくる。子供相手にムキになっているような、情けなさ。

私はこのコメント欄の人たちとは違う。やりたいこともあって、人の足を引っ張るために時間を使わないし、口だけではなく行動して結果がでてきてる。私は、違う。みんなとは違うんだ。

スマホの画面を閉じて、気晴らしにギターを弾こうかと思った時、一件のメールが届いた。

件名には『レーベル契約について』と書かれてあった。


学校帰りに向かったのは、ブルージャムミュージックというレコード会社。音楽レーベでの活動に興味はないかと連絡があり、一度話を聞くことに。

事務所やレコード会社、レーベルなどは所謂《いわゆる》〝大人〟の世界のイメージ。それがどんな役割を果たしているかは全く知らなかった。

指定された普通のオフィスビルの前まで行くと、黒いパーカーを着た二十代後半くらいの男性が、ゆっくりと近づいてくる。

「飛鳥《あすか》ちゃん、ですか?」

「はい。花山《はなやま》飛鳥です」

「初めまして。ブルージャムミュージックの臼井《うすい》です」

パーマがかかったセミロングの髪が風に吹かれ少しなびくと、耳元のピアスがキラリと光った。現在進行形で就職の準備を進めていたからなのか、想像していた大人とは違い、無意識に一般的な社会人の像と比べてしまっていた。

いつの間にか自分の頭の中に、新しい価値観の水路ができていたことが、今の私には正しいことなのか分からなかった。

「初めまして。よろしくお願いします」

「わざわざ会社まで来てもらって、ありがとうございます。中で話しましょうか」

なんとなく音楽関係ということで、中にはたくさん楽器が置いてあり、いつでもレコーディング出来るような環境が整っているイメージがあったので、そういう意味でも楽しみではあった。

エレベーターで三階まで上がり、臼井さんが持っていたカードキーを入り口でかざすと、ピッと音がなりロックが解除される。

中はいたって普通のオフィスで、想像していた楽器などは一切置かれていなかった。周りを見渡すと、ずらりと並ぶ白い横長のデスクの上に乱雑に置かれているＣＤや、積み重ねられたダンボール、壁に貼られているアーティストの告知フライヤーから、音楽を作る場所ではないようだ。

オフィスの中にある、私の部屋より少し広いくらいのミーティングルームへ案内されると、臼井さんは、どうぞ座ってください、と勧めてから、机を挟んで私と対面になるように席へついた。

「後ほどディレクターも来る予定なのですが、ちょっと遅れてまして、申し訳ないです。飲み物はお水でいいですか？」

臼井《うすい》さんはそう言って、ペットボトルの水を机に置いた。

「ありがとうございます」

「改めて、今日はありがとうございます。急な連絡でびっくりしちゃいましたよね」

「こんなところに来るの初めてで、まだ事務所とかレーベルとか、なんのことか全然わからないですし」と私が説明を求めるように語尾に空白を入れると、「そうですよね。僕は普段、新人発掘を行う部署で飛鳥《あすか》ちゃんのような才能ある人を見つけて、もっとたくさんの人に聴いてもらうためにお力添えできないか、そのためにレーベルや事務所の紹介などもしているんだけど」と臼井さんはあご髭《ひげ》を触りながら話し始めた。

「レーベルってのは簡単に言えば、CD作ったり宣伝したりするところで、事務所はアーティストの売り方だったり、スケジュール管理だったりのマネジメントをするところってイメージ。そのレーベルからCD出して、全国流通されるのが所謂《いわゆる》メジャーデビュー」

「なるほど」と私が相槌《あいづち》を打つと、臼井さんが「メールでも書いたんですが、飛鳥さんの曲、めっちゃいいなって思って。こりゃ売れるぞって。いつから一人で音楽を？」と訊《き》いてきた。

「ギターは小学生ですが、高校から作曲始めて、ちょっとの間、音楽から離れていたのですが、最近また音楽が好きになって、そんな想《おも》いもあって『これから』を作りました」

「これから？」

「あの、弾き語りで出していた、私の曲です」

臼井さんは、「ああ。ショート動画のだよね」と合点がいったような顔で「そうそう、あれを聴いて、この子いいなって思った」と付け加えた。

「あと、まだライブはしていないんですが、知り合いとバンドも組み始めました」

「へー」と臼井さんは少し考えるそぶりを見せて、「飛鳥さん的には、どんなふうに音楽をしたいとかってあります？」と続けた。

「どんなふう……」

私は言葉を詰まらせてしまった。

「シンガーソングライターとして、バンドのボーカルとして、作曲家として、音楽をするにしてもさまざまな形があるから、どんな姿が理想なのかあればそれに対して僕らができるアプローチも変わってきますからね」

「私は……」

臼井さんは私の答えを待たずに、「僕が初めて見たのは、弾き語りをしている飛鳥ちゃんだったので、シンガーソングライター飛鳥ってイメージ。ビジュアルも特徴的でいいし、曲も作れるから、いろんなビジョンが見える気がする」と言った。

いろんなビジョンが見える気がする。私には、そのビジョンがまだ掴《つか》めていないのに、まだ直接歌を聴いていないこの人には、私のビジョンが見える。いや、見える気がする、か。

あまりにもぼやけていて、混乱しかけた私は、現実の話に舵《かじ》を切った。

「今、保育の専門学校に通っているんです。来年から就活も始まる。ちゃんと仕事をしつつ、空いた時間で音楽をできればいいやって。そんな時にちょうど連絡をいただいたので」と私が話すのを、ママが私を制する時のように、臼井《うすい》さんが口をはさんできた。

「別に所属するなら仕事か音楽どっちか選べって言ってる訳じゃないし、仕事と音楽活動を両立している人はたくさんいるからね。ただ」と臼井さんは語尾をしっかり区切るように発音して、「売れたいなら、音楽に専念した方がいいとは思う。もし軌道に乗ってきて、ドラマのタイアップとかテレビ出演も決まって、アルバム制作とかツアーライブも始まれば、練習やら準備やらで仕事との両立は難しくなって、結局、辞めちゃうパターンもあるからさ」と言った。

テレビ?　ドラマ?　私が?

ついこの前までギターにも触れられず、ただ動画を投稿していただけなのに。

一旦、気持ちを落ち着かせよう。まだ何にも決まったわけでもないし、あくまでそうなればの話。ありもしない事が頭の中にどんどん広がって、取《と》り憑《つ》かれそうになる前に冷静になろう。

私は目をギュッと瞑《つむ》り、情報を遮断した。蛍光灯の冷たい光は私の瞼《まぶた》を通過して、わずかにその明るさを残している。

「活動を始めて、こんなにすぐチャンスが巡ってくることも、まあないよ」と臼井さんが言った。

チャンス。私にまた音楽をするキッカケをくれたメンバーに、もしかしたら恩返しができるのかも。急な話だけど、その可能性はゼロではない。

「もし、ここで契約するなら、バンドで契約はできるんですか？」

「ちょっとそれは俺の一存じゃ決められないから、訊《き》いてみないとわからないけど」と臼井さんは前のめりだった体を後ろに倒し、背もたれにもたれながら、「もうプロデューサーの夢崎《ゆめざき》さんがくるから、その時に訊いてみて」と、いつの間にか敬語ではなくなった距離感の近い口調で言った。

その時、タイミングを見計らったように、コンコン、と扉を二回ノックする音が鳴り、臼井さんが「あ、噂《うわさ》をすればですな。はーい」と返事をすると、誰かが入ってきた。

「すみません、遅れました。ブルージャムミュージックの夢崎です」

どうやら遅れていたプロデューサーらしい。

夢崎《ゆめざき》さんは臼井《うすい》さんとは対照的に、サイドを短く刈り上げた短髪に、黒ぶちのメガネで、四十代くらいの経験豊富なおじさんってイメージだ。真っ黄色のTシャツには三匹の白い鳥のような生き物が描かれていたが、以前、古着屋で見かけたような気がする。

夢崎さんは、私の形式上の自己紹介を待たずに、臼井さんの隣の席へ移動しながら続けた。

「大まかな話は臼井から聞いたと思うんですが、飛鳥《あすか》さんのことは社内でも話が上がっているほど注目していて、僕もSNSを拝見して、その歌声と曲に正直ビビっときました」

「嬉《うれ》しいです」

「単刀直入にいうと、ぜひうちの事務所で一緒にやっていきたいなと考えてます。もし、やるなら僕が飛鳥さんと一緒に、シンガーソングライターとしてのポテンシャルを最大限発揮できるように活動の方向性とか、楽曲に関してもプロデュースしていくって感じです」

私をプロデュース。変な響き。

ただ、どこへ向かって走っていけばどんな景色が見えるかわからない私に、向かう先を示してくれる羅針盤のような存在は心強い。が、臼井さんも私に言っていた、シンガーソングライターという言葉に引っ掛かりを覚えていた。

「やりたい気持ちはあるんですが、私、自分でシンガーソングライターって意識したことがなくて。実は最近、花鳥風月《かちょうふうげつ》って名前のバンドを組んで、まだライブもしてないですが、一月には初ライブを予定しています」

「バンド……」

私は夢崎さんが何かを言い出す前に、「これ、スタジオで撮った映像ですが」とスマホを取り出して、バンド練習の時に撮った『これから』のバンドバージョンを流した。

スマホで撮った音声なので、音質もとても荒く、ドラムが大音量でかなり聴き辛《づら》いが、私はこの弾き語りにはない勢いと、無骨さがあるバンドバージョンが好きだ。

メンバーを一人一人紹介する私の言葉を聞きながら映像を見ている夢崎さんは、腕を組みながら精査しているようだった。

「こんな感じで、まだ始めたばっかりなんですが、私はシンガーソングライターというより、バンドの方がしっくりきていて。私っていうか、このバンドでここの事務所に入ることはできるんですか？」

夢崎さんは咳払《せきばら》いをしてから、「ここで気を使ってもあれだから、ハッキリ言いますけど」と前置きをして話を続けた。

「このバンドじゃあ難しいです。いくつか問題点はあるんですが、メンバーが高校生と社会人で時間が合わなくて、ここでの活動について来れない可能性があること。それに、正直、演奏技術はよくないので、いくらスマホの音源とはいえ、歌に集中できない。もう一点が、僕自身、バンドをあまり担当していなくて、基本、女性シンガーソングライターを担当して、その中にはヒットチャートにのっていたり、ドラマや映画の主題歌を歌ったりしている人もいるんですが、このノウハウを最大限活《い》かせれば、飛鳥《あすか》さんのポテンシャルをさらに引き出すことができる。自分には先見の明があると自負しているからこそ、あなたはバンドではなく、ソロでデビューすべきだと考えています」

沸々と体の中から込み上げてくるものをグッと抑えるのに必死で、相槌《あいづち》すら打つことができなかった。

メンバーを馬鹿にされた気分にもなったが、言い返そうにも、返す言葉が見つからないもどかしさと、やるせなさ。この怒りに似た感情は、夢崎《ゆめざき》さんへ向けてではなく、どこかで認めてしまった自分に対してなのかもしれない。

メンバーが所属を望んでいるか聞いてもいないのに、私が勝手に話を進めようとしたのは、すでに大きく心が傾いている証拠でもある。

「もちろん、ライブをする時には上手《うま》いミュージシャンを呼んで、バンド形式でライブはできるから」

私は引け目から、目を伏せることで意思表示をしてしまっていた。

自分の子供じみた行動に嫌気がさしてきて、それがどんどんと重りのように頭の上に積み重なり、その重みで顔が下がっていく。いつの間にか、夢崎さんの顔は見えず、視界には机と黄色いシャツだけが見切れていた。

「でもね」と、そんな私を見かねた臼井《うすい》さんが、張り詰めた空気をほぐすような間延びした声で空白を埋めた。

「ここでの活動と並行して、バンドも別でやればいいんじゃない？　飛鳥ちゃんが売れたときはそのバンドも注目されると思うし。ね、夢崎さん」

「そのパターンも全然アリだね。アーティストは活動以外に自分が息抜きできたり、安心できる場所を他に持っておくことも重要だから。こう言っちゃなんですが、やっぱりキツイこともたくさんあるし、やりたくないことだってやらなくちゃいけない瞬間も沢山あるから。バンドメンバーには所属の話はしているんですか？」

「……いえ」

「それなら、メンバー側の気持ちもありますしね。欲を言うなら、初めはソロ活動に専念した方が見せ方的にもいいとは思うんですが、まあそこはなんとでもやりようがありますし。まあどちらにせよ、所属に関しても今すぐに決めてほしいわけではないので、家に帰ってからゆっくり考えてみてください」

「飛鳥ちゃんの親御さんにはもう報告はしているの？」と臼井さんが訊《き》いた。

　実を言うと、一切音楽の話はしていなかったので、私はすぐには答えられなかった。当然、反対に決まっている。いくら、ＳＮＳであげている動画が再生されようが、ライブをしようが、多分ママは認めてくれない。ここでママの話をしてしまうと、最悪この話が白紙になるかもしれない。

「はい。応援してくれてます」

「じゃあ、これから頑張ってタイアップ取ったり、テレビ出演したりしようよ。絶対喜んでくれるって」

もし、テレビなんかに出たら。もし、ドラマの主題歌なんか歌ったりできたら。

ママ世代にもわかりやすい説得材料にもなるし、私の選んだ道を認めてくれるかも。


部屋から出ると、入ってくる時には気づかなかったが、ウォーターサーバーの横にはハジナシのライブ告知のためのフライヤーが貼られていた。

私が、「あ、ハジナシだ」と呟《つぶや》くと、臼井《うすい》さんが、「ハジマリノハナシ知ってるんだ。このバンドも俺がうちに誘ったんだよ。そういえば、ボーカルの重田《しげた》も仕事してたけど、音楽一本で生きていくってやめたんだわ。懐かしいー」と言った。

○風間楓月《かざまかづき》

スタジオでフェンダーのアンプをレンタルしたかったのだが、ちょうど貸し出し中だったので、スタジオに備え付けのマーシャルアンプのクリーンチャンネルで、まず基本の音を作る。

ＧＡＩＮのツマミを十二時くらいまで上げることで、テレキャスターでも太めの音が出せる。オーバードライブは、僕のお気に入りのＢＯＳＳのブルースドライバー。これを十時くらいの軽い歪《ひず》みにして、テレキャスターのピックアップをセンターのハーフトーンにすると、ジャキジャキした特有の音を生かしつつ、粘り気と、ガラスのような尖《とが》りがある音になる。

リバーブとディレイで、広がりと奥行きを出せば、まるで心の空間を音で表現できているような気分になる。

Ｅｍコードを押さえて、鳴らしてみる。

昨日、張り替えたばかりの弦が伸びのいい音を鳴らすが、少しハイが出過ぎてピーキーだったので、ブルースドライバーのトーンのツマミを九時くらいに戻す。もう一度、Ｅｍコードを鳴らしてみる。うん。いい感じだ。

「準備はいいですか」

お姉ちゃんが「はいよー」と言って、麗華《れいか》と僕はアイコンタクトをとる。飛鳥《あすか》さんは、僕と目を合わせると、こくりと頷《うなず》いて、軽く息を吸った。

『君と僕と乱反射』

飛鳥さんがタイトルコールをすると、お姉ちゃんがクローズハイハットで四カウントする。

この曲のイントロはギターアルペジオのリフがメイン。僕が歌詞を書きながら頭に浮かんだ大切なリフだ。

ギターリフを二小節弾いてからドラムとベース、飛鳥《あすか》さんのバッキングギターも入る。ベースは一小節ごとに変わる、2コードのルートを支えているので、僕は安心してアルペジオに集中できる。

バンドインしてから八小節で、歌が入る。

『公園の隅っこの砂場　僕はまだ鬼にもなれない
憧れはスカートやリボン　穿《は》き慣れないこの体とまだ
乗り出したブランコの重力に　耐えられない眩暈《めまい》が襲うから
陽《ひ》を避けて夜に溶け込めば　輪郭がぼやけて楽になる
高くそびえる君は雲の上　見下げて僕を呪う　だけど
不安定な僕らは光る　生き方が少し不器用で
不平等な世界だから今日が　僕の音になる
傷の分だけ乱反射する』

少しの間、僕は動けなかった。

僕の意識がスタジオに戻ってくる間、メンバーはみんな黙っているようだったが、聞こえていなかっただけかもしれない。

徐々に戻ってくる耳鳴りと共に、じんわりと指が暖かくなってくるのがわかった。

今まで、言葉にできずに内へ内へと溜《た》まっていた鬱屈としたものが、まるでお風呂の栓を抜いたときのように抜けていく感覚。ギターから指を離すと、ピリッとした痛みが走る。

「楓月《かづき》、血」と麗華《れいか》が言った。

手元を見るといつの間にか弦が切れて、指から少し血が出ていた。

「弦で切っちゃったみたい」

「最後、勢いすごかったもん。ほら、ハンカチで止めな」

お姉ちゃんがポケットからハンカチを取り出して、僕に手渡した。

「ありがとう。ちょっとだからすぐ止まりそう」

「それにしても、楓月、すごく良かったよ。飛鳥ちゃんのメロディセンスも相まってだけど、今までの楓月からは想像できない救いのメッセージがある気がして、なんて言うのかな、とりあえずいい」

「……よかった」

僕一人じゃ描けなかったけど、こうして形になって、音楽にできたから、初めて自分を肯定できた気分になっていた。

このバンドがあってこその、この曲。もっともっと練習して、しっかりアレンジも固めてから音源も作ろう。

今ならどこへでも行ける気がする。

このバンドなら、どこへでも。

「うん。楓月《かづき》くんにしか書けない歌詞だよ、これは」と飛鳥《あすか》さんが言いながら、ギターを肩から下ろして、スタンドに立てかける。

「これなら一月にあるライブも絶対優勝だね」

「えー。楓月が強気なんて珍しいじゃん」と、お姉ちゃんが言うと、「楓月、急に調子乗りすぎ」と麗華《れいか》が制するように言った。

僕が、「じゃあ、もう一回合わせよ」と言ったとき、飛鳥さんはチラリと時計を見た。

スタジオが終わり、片付けをしている最中、飛鳥さんは一言も発さなかった。

初めは、体調が悪いのかなとも思ったが、その表情はどんより重く、何か嫌な予感がしていた。

「みんな。ちょっと話があるから、スタジオ前の待合室で待ってるね」

そう言うと、飛鳥さんは先に部屋を出た。

「飛鳥？　どうしたんだろ」とお姉ちゃんが心配そうに言う。

僕らも片付けを済ませて、まだ花鳥風月《かちょうふうげつ》の奏でた音が漂うスタジオを後にした。

部屋を出ると、丁度、四人掛けのテーブルに飛鳥さんは一人座っていた。

「飛鳥さん、何かあったんですか?」と僕は訊《き》いてみる。

「ごめんね、変な雰囲気にさせちゃって。なんか、言うタイミングが難しくてさ」

飛鳥さんは、無理に明るく振る舞おうとしているのか、表情がこわばっているようだ。

「実はこの前、ブルージャムミュージックって音楽事務所から連絡が来て」

「ブルージャムミュージックって……あの?」

「楓月、知ってるの?」

「有名な音楽事務所だよ。ハジナシも確かそこだった気がする」

「そう。単刀直入に言うと所属しないかって連絡だったの。私のバズってる動画を見たらしいんだけど」

「え、凄《すご》いじゃん飛鳥」

あの動画がきっかけで、こんな大手の事務所からお誘いが来るなんて、普通なら喜んで報告をしてくるはず。飛鳥さんは、僕らから視線を外して、「だけど」と言った。

「花鳥風月のことを伝えて、バンドで所属できないかって交渉してみたんだけど、契約は私のソロが条件だって言われちゃって」

お姉ちゃんが、「うんうん」と相槌《あいづち》を打っている。

「すごく悩んだんだけど、所属すればメジャーデビューして、かなりプッシュしてもらえそうだし、こんなチャンス二度とないから、私、入ることにしたの」

お姉ちゃんは拍手をして、素直に喜んでいるようだ。

「やったね。それは飛鳥《あすか》が掴《つか》んだチャンスだから、絶対やってみるべきよ」

僕は、まだ体にまとわりつく嫌な予感のせいか、一緒に喜ぶことができなかった。飛鳥さんは、僕の方へ視線を移した。

「それで、事務所の人に話したら、来年の一月から『これから』で早速ソロデビューしようって話になって、時期が重なっちゃうとアレだから、ライブは落ち着いてから、また別の機会でもいいかな？」

嫌な予感は的中した。

「でも、このバンドをやめるってわけじゃないから。もちろん続けたい。私の知名度が上がれば、このバンドにも貢献できるかなって思ってさ。だから」

「時期が重なっちゃうとアレってなんですか……？」

僕は思わず、話を遮ってしまった。

「アレって、ソロデビューの時期とバンド結成の初ライブが重なっちゃうと、どうしても見ている側に混乱を与えちゃうからって」

「飛鳥さんはそっちを優先したいから、ソロデビューに花鳥風月《かちょうふうげつ》は邪魔だって判断ってことですよね？」

「ちょっと、楓月《かづき》。そんな言い方やめなさい。飛鳥は私たちのことも考えて」

「お姉ちゃんは黙っててよ。どうせバンド自体あんまりやる気ないんでしょ」

「楓月！」

お姉ちゃんは声を荒らげて言った。

スタジオの受付の人が反応してこっちをチラリと見たが、すぐに業務へ戻った。

「あんたね」と眉間に皺《しわ》を寄せ、詰め寄るお姉ちゃんを、飛鳥さんが止めに入った。

「真波《まなみ》さん、私が悪いんです。楓月くんの言うとおりで、私はバンドよりソロデビューを選んだってことは事実です。みんな一月の初ライブに向けて練習もしていたのに、私の勝手で途中で投げ出すことになって、怒るのも当然です。『これから』もデビュー曲になるので、このバンドでは使えなくなるし」

飛鳥さんの物言いは、もうすでに決まったことを報告しているだけだった。僕らに、何の相談もなく。もう、仕方がないことのように。

「飛鳥さんは卑怯《ひきょう》です。それなら、もっと早く僕らに話すべきだったんじゃないですか」

飛鳥さんは、こくりと一度だけ頷《うなず》き、「ごめんね」とだけ言った。

「確かに、飛鳥も私たちに話してほしかったなって気持ちはあるけど。でも、飛鳥がより良い方へ進んで、凄《すご》いチャンスを掴めるかもって瞬間は喜んであげようよ」

「それで飛鳥《あすか》さんが忙しくなったら、僕らと合わせる時間なんてある？　飛鳥さんが落ち着くまで、僕の状況も変わっていくんだよ。僕は有名になりたいとか、もっと売れたいとか、そんなんじゃなくて、飛鳥さんと、花鳥風月《かちようふうげつ》で音楽がしたかったんだ。飛鳥さんは……。僕らを裏切った」

「……」

飛鳥さんは黙って僕の目を見ている。

「もう僕らに話すことはないみたいですね」

僕はギターを背負い、この場から逃げ出した。

外に出ると、まるでイチョウの葉っぱのような黄色い夕焼け空に、細々としたまだら雲が浮かんでいる。この雲たちも、元々は一つの大きな雲だったのかなと考えると、今の僕たちみたいでかわいそうに思えた。

駅に向かって歩いていると、後ろから肩をポンと叩《たた》かれた。振り返ると、そこには麗華《れいか》が立っていた。

「楓月《かづき》。忘れ物」

麗華の手には、髭《ひげ》ウサギのストラップがあった。麗華にもらってから、部屋に置いていたけど、なんだか愛着が湧いてきて、僕もギターのケースにつけていた。

「ごめん。ありがと」

僕は髭うさぎを受け取って、着ていたパーカーのポケットにしまった。

麗華は何も言わずに駅の方へ歩き出す。僕はその、一歩後ろを無言のまま歩いていく。

行き交う車の走行音や、排ガスの匂いが何故《なぜ》だか妙に寂しく思えた。

「何も言わないんだね」と僕は麗華に言った。

「何か言って欲しいの」と麗華は振り返らず、前だけを見て言った。

「僕、ひどいよね。でも、思いとどまってほしかったんだ」

「飛鳥さんは新しい道を見つけて走り出した。その選択がどうであれ、周りがあれこれ言って止められるものじゃないわ」

麗華はそう言って、車道を走る車を指差した。

「例えば、私たちがあの車を急に止めることって出来ないでしょ。そんなことしたら、後ろを走る車とぶつかっちゃう。きっともう、飛鳥さんだけの道でもないのよ。でも、その道中に右折左折を繰り返していれば、元の位置に戻ってたってこともあるじゃない」

その急ブレーキを踏んだのは飛鳥さんだ。後ろに僕らがいることも考えずに。

「私も続けたかったけどね」

秋の冷たくカラッと乾いた風が、僕らの熱を奪っていく。

青果祭の準備期間のため、今日から三日間は午後の授業が短縮されている。校内には各学年の催しのポスターなどが貼られ出していた。

二年生は全クラス演劇やダンスなので練習場が限られており、今日は二階の踊り場で台本を読みながら動きの確認をする稽古の予定だった。

僕と渡辺《わたなべ》さんは結局、台本作りと全体の進行役を務めることになったのだが、それに加えて、渡辺さんは主人公のドロシー役も演じることになった。

そろそろ稽古を始める時間なのだが、カカシ役の島田《しまだ》くんと、ブリキ役の大野《おおの》くん、ライオン役の中山《なかやま》くんがいなかった。

「中山くんたちが見当たらないんだけど」

近くにいた犬のトト役の東《あずま》くんに訊《き》いてみた。

「コンビニ行こって三人で話していたのは見たけど、帰ってきてないね」

その雰囲気から、西《にし》の悪い魔女に適役だと抜擢《ばってき》され、嫌がることなく引き受けた麗華《れいか》と渡辺さんが台本を見ながら、なにかを話している。

あの日以来、麗華とも二人では話していないし、飛鳥《あすか》さんとは連絡もとっていない。お姉ちゃんともなるべく顔をあわさないようにしていた。

「ちょっと探してくる」

まだコンビニの前でしゃべってるのかな。僕は二階から一階へ下りる時、無意識に急いでいたのか一段飛ばしになっていた。

校門を出ると信号を渡ってすぐのところにコンビニがある。ここから見る限り、コンビニの前にはいなさそうだった。

引き返して校舎に向かうと、校庭から中山くんが大野くんの肩を支えて、その横に島田くんがバスケットボールを持って歩いているのが見えた。三人の方へ駆け寄ると、大野くんが中山くんの肩をかりながら片足だけで歩いている。

「どうしたの、大野くん」

「あ、風間《かざま》。ちょうどよかった。わりぃけど、大野を保健室に連れていくから、みんなに言っといてくんね」

中山くんが校舎の方を見て、顔だけでクイっと合図した。

「校庭のバスケットゴール遊んでたんだけど、大野のシュートを俺がブロックしようとしたら体が絡まっちゃってさ」と島田くんが言ってから、肘を見せる。

「俺はこれで、大野は足くびぐねっちゃった」

腕まくりしている、島田くんの肘の切り傷から血が出ていた。

「大丈夫？　わかった」

僕は戻ってみんなに大野くんが怪我《けが》をしたことを伝え、中山くんと島田くんが戻ってくるのを待った。

十分くらい待っていると、二人が戻ってきた。

「みんな、待たせてごめんよ。俺は大丈夫だから」と島田《しまだ》くんは肘に貼ってある絆創膏《ばんそうこう》を見せながら言った。

「中山《なかやま》は大丈夫なの？」

渡辺《わたなべ》さんは中山くんを心配しているようだ。

「おう。俺は大丈夫だけど、大野《おおの》のやつ、保健室行ったんだけど捻挫っぽいから病院行ってくるって」

「そっか。けど、稽古するって言ってるのにサボって遊んでるからだよ」

「わりぃ。でもさ、バスケ部のくせに島田のブロックに負けるくらい体が弱いなんて、試合だったらどーすんだよ」

中山くんは、捻挫の心配ではなく、大野くんが島田くんに押し負けたことに対して、苛立《いらだ》っているようだった。

「てか、ブリキ役、いなくなっちゃったな」と島田くんが言う。

クラスのみんなから、どーする、中止中止、お前やれよ、やだよ俺、小人Cだもん、と声が聞こえてくる。

「風間《かざま》が代わりにすればいいじゃん」

中山くんが僕を見た。

「僕が？」

「この中で台本が頭に入ってるの、風間くらいだろ」

「そうだけど」

「はい、決定な」

　確かに、この中で大野くんの代役をできるのは僕くらいだけど。演技なんてやったことないから、なんてみんな同じ立場だから言えるわけがない。

「風間くん、出来そう？」

　渡辺さんが僕の顔を覗《のぞ》き込みながら訊《き》いてくる。クラスのみんなの視線が僕に集まる。こんな空気の中断れるはずがなかった。

「やってみる」

「ありがとう。じゃあ、切り替えて頭からやりましょうか」

　渡辺さんが手をパンと叩《たた》くと、みんなは台本を手に取り移動し始める。

　冒頭は、ドロシーが連れていた犬のトトが、畑で悪さをしたことで地主のガルチの怒りをかったと、両親に伝えているシーンから始まる。結局、ミュージカル風に「虹の彼方《かなた》に」を歌うのは時間的に無理だし、渡辺さんだけの演技が多くなるので無しになった。

　ドロシーがオズの魔法使いの世界へ飛ばされ、最初にカカシの島田くんと合流する。渡辺さんはドロシーになりきって、堂々と演技していた。島田くんの、おちゃらけた様子と、渡普段より身振り手振りが大袈裟《おおげさ》な仕草が、カカシの役にピッタリ合っている。そして、僕の出番がやってくる。

「ぼ……ぼくは、ブリキ、こ、こころがないから」

「ダメダメ、もっとロボットっぽくしないと」

僕のぎこちなく、棒読みの演技を見て、島田《しまだ》くんが指導を始めた。

「ボクハブリキ。ココロクレ。ココロクレ」

カクカクとした口調の見事なブリキの演技にクラスのみんなが、「無駄にうまいって」と笑う。

普通に台本をそれっぽく読むだけなのに。頭では理解しているつもりが、いざ人前でそれをしろと言われると、なぜか急に出来なくなる。普通に一対一で話すのとは全然違う。

僕には、演じる、ということができなかった。まるで、右利きの人が急に左手で絵を描くような不器用さになってしまう。

「そうだ、中山《なかやま》とライオン役代わればいいじゃん。臆病なライオン役ならできるんじゃない?」と島田くんが言うとみんなが賛同する。

中山くんは、はあ、とため息をついて、「また覚えなきゃいけねえじゃん」と言いながら僕の横へ来て、「代われ」と言った。

「オレハブリキ。ココロクレ。ココロクレ」

「ははは。最高じゃん」

中山くんは意外にも特徴を捉えた演技で、ブリキを演じていた。僕は渡辺《わたなべ》さんの顔を見れないまま、後ろへ下がっていく。

そしてまた、僕の、臆病なライオンの出番になった。

「ぼくは、ライオン」

緊張とプレッシャーから語尾が上ずる。

「だけど、お、臆病なんだ」

「いいじゃん。臆病な役ぴったりすぎでしょ」

島田くんがそう言うと、また、クラスメイトの笑い声が踊り場で反響する。エコーがかかったように長く、広く。それは校内に響き渡って、まるで学校が僕を笑っているようだった。

途切れない笑い声は保健室へ、職員室へ、体育館へ、渡辺さんの耳へ。

あの日、スタジオで、花鳥風月《かちょうふうげつ》で、『君と僕と乱反射』を演奏した時には、雑音は一切なかった。ただただ、思いのままにギターをかき鳴らしていただけ。

あの空間に戻りたい。

「やっぱり僕、やめるよ、ライオンは違う誰かにお願いする」

「は？」

中山《なかやま》くんが僕を睨《にら》みつける。

「今から代役なんて探せねえよ。誰も台本覚えてねえし、お前が作ったんだから、ちょっとは責任持てよ」

「僕には、できない。どうにかして代役を探してくる」

僕が台本を置いてこの場を立ち去ろうとした時、中山くんが僕の前へ立ちはだかった。

「また逃げんのか」

「に……逃げてないよ」

「お前見てるとムカついてくるわ。体育の時だってそうだったし、いつもできないできないって、真剣にやろうともせず」

「ちょっと、中山。そんな言い方ないじゃん」

渡辺《わたなべ》さんが止めに入ってくれる。それがまた僕の情けなさを際立たせた。

「今、コイツと話してるから入ってくんなよ」

「僕より、適役がいるならその人の方がいいよねってだけの話だよ」

僕は、中山くんの目を見ずに言った。

「お前、ほんっと男らしくねえよな。ダッセェ」

男らしくない。まただ。僕は一度も男らしく生きようとしたことがないのに。

どうして周りは、僕に男らしさを求めるんだろう。みんな型にはめようとする。僕は役者には向いていないから、向いてる人がやればいいじゃないか。

そうやって、一つ二つと個性を殺《あや》めていく。

「僕は、男らしく生きようなんて思ってないから」

自分でも声が震えているのがわかった。

「なに言ってんの？　男に生まれたんだから、男らしく強く生きるのが当たり前だろ。言い訳ばっかでイライラするわ」

「男の子に生まれたって、女の子に生まれたってどう生きるかはその人が選ぶことでしょ。中山くんは……想像力が欠けてるよ」

「お前、自分の弱いところを人のせいにすんじゃねえよ」

「おいおい、喧嘩《けんか》かよ」と島田《しまだ》くんがまだカカシの演技をしながら、「中山、そんなんじゃ風間《かざま》が可哀想《かわいそう》だろ。なんせ中身は女子なんだぜ」と言った。

踊り場にピリッとした空気が伝播《でんぱ》していくのがわかる。

「風間と小学生の頃、同じクラスだったやつに聞いたんだけど、当時はリボンとかつけて女子の格好してたんだろ。このクラスだって女子としかあんま話さないじゃん」

何か言わなきゃと思ったが、声が出ない。みんな異物を見るような目で僕を見ている。

「こーいうのなんて呼ぶんだっけ、ＢＬＴＢみたいな」と島田くんが言うと、「ＬＧＢＴな」と誰かが言った。

息が上手《うま》くできない。

「それそれ。だからあんまり風間《かざま》をいじめたらダメだよ、中山《なかやま》くーん」

「ってことは、男が好きなんか？　うわーきも。どおりで、だわ」と中山くんが言った。

「二人ともいい加減にしなよ。言っていいことと悪いことくらいわかるでしょ。島田《しまだ》もそんなこと憶測で言うもんじゃないよ」と渡辺《わたなべ》さんが、黙り込んでいる僕の代わりに場を取り持ってくれている。

「あーあ」と島田くんがわざとらしい声を出し、「なんか難しく考えすぎだって。渡辺みたいに腫れ物扱いしてたら、もっと話し辛《づら》くなっちゃうじゃん。もう言っちゃえばいいんだって。僕は女の子で男の子が好きですーって。楽になれるぜ」と言った。

違うよ、渡辺さん。

僕は、男の子が好きなんじゃない。伝えないと。

でも、なんて説明すればいいかわからない。あの日の事を思い出す。二分の一成人式の日。みんなの前で女子みたいと言われて、やっぱり僕はおかしいんだと理解した瞬間。

でもあの時とは何かが違う。今は誰も僕を笑わずに、哀れみの目で見ていた。

気づけば、僕はこの場から逃げ出していた。

後ろを振り返らず、階段を下りていく。誰かが僕を呼んでいた気がするが、誰の声か分からない。下駄箱《げたばこ》で履き替えず、上履きのまま校舎を出た時、誰かと肩をぶつけたが、僕

は止まらなかった。

正門の前には、青果祭のスローガンでもある、『〜アナログ的な繋《つな》がりを〜』と書かれた横断幕を運んでいる生徒がいる。

この学校に、アナログ的な繋がりなんてものはない。男子か女子。その間に存在する無数の存在を省いて、デジタル化している。その情報を信じている、まるで、デジタル信者。

僕は走った。

上履きのままだからなのか、足の裏に直接地面の硬さが感じられる。段々と呼吸が乱れて、胸が苦しくなってくるが、このまま倒れるまで走り続けないと、僕が壊れてしまう気がしていた。

信号を見ずに横断すると、クラクションを鳴らされた。僕はどこにいても邪魔な存在なんだ。

徐々に周りの景色がぼやけてくる。自分が今、どこを走っているのかもわからない。急に全速力で走り出したからか、頭がクラクラして吐き気がしてくる。

それでも、僕は止まらない。

このまま、あのスタジオまで走れば花鳥風月《かちょうふうげつ》が待っているかもしれない。御茶ノ水《おちゃのみず》まで行けば、渡辺《わたなべ》さんがギターを探しているかもしれない。でも、また会えたとして僕はみんなになんて声を掛ければいいんだろうか。

もう走っているとは言えない、ほとんど早歩きと変わらない速度になった頃、足が絡まって僕は惨めに転んでしまった。制服のポケットからスマホが飛び出し、アスファルトの上を滑っていく。

顔から転《こ》けて気を失ってしまえばよかったのに、この期《ご》に及んで僕は、反射的に両手で受け身を取っていたのが腹立たしかった。

僕はその場で座り込んで、膝にじんわりと感じる痛みで意識を紛らわせた。

少しの間そうしていると、スマホの画面が光り、着信の通知が来ている。渡辺さんだろうか、麗華《れいか》だろうか、どのみち今は話せないな、と思いながらよく見てみると、着信の相手はお姉ちゃんだった。

こんなタイミングになんだよ、と無視していたが、何度も何度もかかってくる。あまりにも執拗《しつよう》だったので、僕は電話に出てしまった。

「もしもし」

「楓月《かづき》？　やっと出た。今どこにいるの」

「別に、どこでもない」

「ちょっと、こんな時に喧嘩《けんか》してる場合じゃないの。落ち着いて聞いてね。実は、飛鳥《あすか》が

……」

「え？」

◇花山飛鳥《はなやまあすか》

あの日以来、花鳥風月《かちょうふうげつ》のグループLINEは動いておらず、楓月《かづき》くんに直接連絡することも出来ずにいた。

真波《まなみ》さんは、数日置けば自分から謝ってくるって、とは言っていたが、どうしても消えない罪悪感のようなものが私の背中にべったりとへばりついていた。

私はみんなに一つ、大きな嘘《うそ》をついていた。

もう既に、事務所との契約は済んでいるように話したが、ハンコを押した契約書は手元にあって、まだ渡してはいなかった。年明けから本格的な活動をするなら今月中にはもう契約する必要があるが、私は今も思いとどまっていた。

中途半端。いつだったか、他人に対して恋愛感情は抱かないけど、オシャレはするし、子供は好きだなんて、わかり辛《づら》い、中途半端だって言われたことがあったな。

私は契約書を手に取って、一階のリビングへ向かった。この時間だと、まだ寝る前にテレビを見ている頃だろう。いつも上がり下りしているこの階段。下から三段目はよく軋《きし》んだ音がするので、気付かれないように下りる時はこの段を飛ばしている。なぜかその軋んだ音を聴きたくなった私は、その段を足の裏で確かめるように踏み込んだ。ぎぃ、と鳴く階段から足を離した時、後戻りできないような感覚になった。

リビングの扉を開けると、ママはソファに座りテレビを見て、パパは換気扇の下でタバコを吸っていた。

「ママ、パパ。ちょっと話があるんだけど」

ママはリモコンを手に取り、テレビの音量を下げながら、「どうしたの？」と言った。

「実は、ずっと話してなかったんだけど」

「あら、もしかして彼氏？」とママは体を起こしながら言った。

「はあ。最後まで聞いて」

パパは何も言わずに、換気扇に吸い込まれていく煙を眺めている。

「じゃあ、なんなの」

「最近、また音楽を始めていてね」

「それは知ってるわよ」

「それで、自分の作った曲を、自分で歌って、動画を撮ってSNSに上げてるの」

「動画をあげている？」

「自分で撮った動画を投稿しているってこと」

「そんなことしてたの、あんた」

「それが、偶然にもすごく再生されて、今、すごいことになって」

私はスマホを取り出して、初めて顔出ししながら、『これから』を歌った動画をママに見せた。ママはその映像を見た瞬間に、「え!」声を上げた。

「顔が出てるじゃない。これをネットに出しているわけ?」

「うん」

ママはあからさまに不満の表情を浮かべながら。「はぁ」と深いため息をついた。

「あんたね。ネットって怖いのよ。知ってる? 一度出したら消えないんだから。これから就職って時に素顔なんか出して、保育園の園長とか、保護者の人が見たらよく思わないわよ」

ネットの事はママより知ってるつもりだ。

「よく思われないって」

「当たり前じゃない。この服装、学校でも注意されなかったの? どうしても第一印象って外見でしょ。そのイメージが良くなかったら子供を預けようとは思わないわ」

ママは動画の中身を見ていない。いつも外側だけ。

「私は音楽を、真剣に作って真剣に歌っている。この動画を見ればそれが伝わるはず。なのに、服装だけ切り取って印象が悪いって、悪意があるでしょ?」

わかっている。世間一般、園長先生の目線、保護者の目線で見れば、真面目《まじめ》にしっかり見てくれそうな人を選ぶのが正解だってことは。

『個性を大事に多様性のある保育を心がける』。実習の際に、保育園で見た保育理念。子どもの個性を伸ばすためには、私たち自信の個性を殺していかないといけない。

「真剣に歌ってるのはわかったけど。普通の服装にエプロン姿で歌えばいいじゃない。それだけで、だいぶいい印象だわ」

「保護者や園のために音楽しているわけじゃないから」

私はポケットから折り曲げられた契約書を出して、テーブルの上に広げて置いた。

「なによ、これ」

「私の曲を聴いた音楽事務所から声がかかって、是非うちと契約しないかって。わかりやすく言うと、メジャーデビューってやつ」

「ほんとか、飛鳥《あすか》」と今まで一言も話さなかったパパが、初めて口を開いた。

「契約って、なんの話をしてるの」

さっきまで、半ば聴き流していたような力の抜けたママの口調とは違い、圧が入っている。

「私、ここと契約して、真剣に音楽の道に進もうと思う」

「ちょっと待って。なにを言ってるかわからないわ。音楽の道ってなに。就職はどうするのよ」

「学校はちゃんと卒業するつもり。ちゃんと資格も取る。でも、すぐには就職しない。今すぐじゃなくても、資格さえとっておけば就職はその時にでもできるじゃない」

　私はキョトンとするママを見ながら続けた。

「でも、音楽は今このタイミングしかできない。この声が掛かって、波に乗っている今しか。メジャーデビューすれば、テレビにだって出られるかもだし、ドラマの曲だって歌えるかもしれない。こんなチャンス二度と巡って」

「甘い。そんな考え甘すぎる」とママは話を遮って入ってくる。

「そんな思い通りにいくわけないじゃない。飛鳥《あすか》が考えているほど簡単な世界じゃないと思うわ」

　そんな事はわかっている。ママが想像しているほど、私の世界も狭くはない。

「やってみないとわからないでしょ」

「ダメよ。ダメ」とママは強く言い切った。

「絶対続かないから、そんなの。現に、あんた専門に入ってからずっとギター触ってなかったでしょ。毎日欠かさず練習してる人ならまだしも」

　私のこと、なにもわかっちゃいない。

「ママの高校の同級生で、プロの音楽家になるって高校を中退した北山《きたやま》くんって子がいたんだけど、未《いま》だに就職も結婚もせず、バイトしながら音楽してるらしいわよ。もう五十越えてるのよ？　あんたもそうなっちゃうよ」

「そんなケース挙げ出したらキリがないじゃん。私はその人とは違う」

「あらあら、自信だけはあるのね。でも、ダメなものはダメ」

「それに」とさらに圧をかけるよう強調しながら、「音楽なんて、働きながらでもできるじゃない」と言って、テレビの電源を切った。

「もうママ寝るから。バカなこと言ってないで、あんたも早く寝なさい」

そうやってすぐに蓋をして、人の話を終わらせる。いつまでも、子供の戯言《たわごと》を聞いてるような、あしらう感じが、私は嫌いだった。

「待って！」と私は咄嗟《とっさ》にテーブルを叩《たた》いた。「バン」という乾いた音がリビングに響き、音を吸収し切った部屋から出る、独特の〝無音〟が鳴っている。

「話は終わってない」

「なに、怒ってるの」とママは目を見開いて驚いている。

「どうして、私の話をいつも真剣に聞いてくれないの。どうして、私を自分の思い通りになるように仕向けようとするの」

「あなたが世間知らずだからよ」

世間。

いつも大人が言う、漠然とした世間とは一体どこをさしているのだろう。

ママは休日、家のソファでテレビをぼーっと見ている姿しか見たことがない。特に趣味があるわけでもなさそうだし、友達《ともだち》と飲みに行くこともないし、学生時代、スポーツに打ち込んでいた、なんて話も聞かない。

以前、パパとママが付き合っていた頃のデートって何していたのか聞いたことがあったが、別に何にもしてないわね、と答えていた。ママは世間の何を知っているのか、社会の厳しさの何を知っているのか、わからない。

「私が他人に対して恋愛感情を抱かないって言った時もそうだった。そんなわけない。いい人が見つかっていないだけ。そうやって、私の想《おも》いを捻《ね》じ曲げていく。ママと私を重ねないで」と私は言いながら、全身の毛が逆立つような、細胞が高揚して攻撃的になっていくような感覚になっていくのがわかった。

「パパと出会うまで苦労したそうだけど。結婚が全てじゃないし、普通に就職することが全てじゃない。私には、やりたいことがあるの。ママとは違って。人生を賭けてみたいことが。寄り道したっていいじゃん。私はママの所有物じゃない。ママは私のことじゃなくて、自分の子供が」

「いい加減にしなさい」とママは声を張り上げて、また私を遮った。

「ママはね、飛鳥《あすか》を想って言ってるの。まだ一人で食べていけず、社会にも出たこともないくせになにがわかるっていうの」

圧、圧、圧。

「飛鳥の恋愛感情のこと調べていたら、精神科に通えば治ったってケースもあったわ」

「え」

「病院に行きましょ。そうすれば、恋愛できるようになって、音楽するなんてバカなことすっかり忘れてしまうわ」

「晴美《はるみ》。なにを言い出すんだ」とパパが立ち上がり言った。

「本気で言ってるの……それ」

「ええ。あなたを愛しているから、立派に育てようと考えているから言ってるの」

嘘《うそ》。そんなの嘘。こんなの愛じゃない。

「立派ってなによ。結婚するのが立派なの？　就職することが立派なの？　ママの理想を押し付けないで。私は異常じゃない」

「晴美。飛鳥の話を聞いてやろう。飛鳥は飛鳥なりに考えているんだ」

「パパは黙ってて。飛鳥のことは私が一番わかってるの」

いつからすれ違っていたんだろう。私はどうすればよかったの。

「わかった……」

「はあ。やっと理解してくれたの」

「この家から出ていく。契約すれば、毎月固定でも給料が出せるって言ってたし。一人で生きていきながら、音楽することにするね」

「ほんといい加減にしてちょうだい。そんなの、できるわけがないでしょ」

「もう、いい」

私が、テーブルに広げた契約書を手に取ろうとした時、ママが先に契約書を取って、ビリビリと破き始めた。

「……なにするのよ」

「こんな訳のわからないところに騙《だま》されて、契約させられそうになっているのに、なにが一人で暮らしていく、よ。ダメに決まってるでしょ」

破られた契約書は、テーブルの横のゴミ箱に投げ捨てられた。

私とママの間にも、ビリビリと亀裂が走り、引き裂かれていく。

「そう……」

もう、ママに話すことはなにもない。私は、「じゃあね」と言って家を飛び出した。

夜でよかった。真夜中が、私の傷を包み込んでくれる。

外は風が強く、体感的にはこの秋一番の冷え込みだった。それもそのはずで、咄嗟《とっさ》に出てきてしまったので、上になにも羽織っておらず、薄手のトレーナー一枚にサンダル姿。

しかし、あの家にはもう戻りたくはない。

当てもなく、ただ歩いた。今、何時なんだろう。幸い、スマホは持っていたが見る気に

はなれず、電源を切っていた。

なるべく、暗い道を歩いていく。駅前や、大通り、コンビニなどは避けて、なるべく人に会わないように。明日《あした》、学校だったな。どうしよう。一日くらい休んでも大丈夫か。千紗《ちさ》なにしてるかな。こんな話聞いたら何て言うだろう。家出とか、ワクワクだね。なんて言いそうだな。

そんなことを考えながら、知らない角を一つ曲がる。

あの日、スタジオから飛び出して行った楓月《かづき》くんは、どんな気持ちだったのかな。私を憎んでいたのかな。怒っていたのかな。そりゃそうだよね。

でも、今の私は、ママへの怒りというよりかは、膿《うみ》を出し切った時のようなすっきりとした気分だった。

そして、また、知らない角を曲がる。

知らない角をいくつか曲がっていると、高架下にフェンスで囲まれた児童用の公園が見えてきた。保育専門学校に入る前は、空が見えないから景色も悪く、囲われているから息苦しさも感じられ、子供がかわいそうだなと思っていた。

しかし、実際は直射日光もなく、フェンスが子供の急な飛び出しを防いだり、人工芝が転倒のリスクを軽減させてくれるメリットがある。

この時間帯は入り口に鍵かかかっており、中には入れないのだが、外側のフェンスにもたれかかっている人影が見える。この遠さだとよく見えないが、なにやらギターらしきものを持っているように見えた。

その人影に近づいていくと、徐々にアコースティックギターの温かい音が聴こえてくる。こんな夜中に、こんなところで何を弾いているんだろう。ゆっくりと近づいていくと、アコースティックギターを弾いているのは長髪の男性だった。私が目の前で立ち止まると、彼は一瞥《いちべつ》してから、歌い出した。

それはどこかで聞いたことがある歌声と、曲だった。

「あっ」

私は思わず声を出してしまった。それは、ハジナシの曲で、声もボーカルにそっくりだった。

しばらくの間、その男性の歌を聴いていた。彼はそんな私を気にすることなく、三曲ほどハジナシの曲を歌い切った後、アコースティックギターをフェンスに立てかけて、タバコを一本取り出す。ライターの火にぼんやり照らされた彼の表情には、歌い終わった後の清々《すがすが》しさは感じられなかった。

「歌、とてもよかったです」

気付けば、私は彼に話しかけていた。

彼は、ふぅーっと煙を吐いてから、「ありがとね」とだけ言った。

「重田《しげた》さん……ですよね？　渋谷《しぶや》のワンマンライブ、見に行きました」

「そう」

「よくここで弾き語りしてるんですか？」

「最近、また始めたって感じかな。昔はよく一人で公園とかでやってたからさ」

こんなところでハジナシのボーカルの重田さんに出会うとは考えもしなかったが、不思議と緊張感がなかったのは、この暗闇が色んな感覚や、実体の輪郭をぼやかしているからだろうか。

「弾き語りバージョンも、歌詞が自然と入ってきて素敵です」

暗くてはっきりとは見えなかったが、重田さんは目元に軽く化粧をしているようだ。

「あなたは、こんな真夜中に一人で散歩かい」

「実は、私、さっき家出してきちゃって」

「そりゃおもしろい。家出とラーメンはやっぱり真夜中に限るからね」

「そうなんですか」と私は笑った。笑ってから、すごく久々に笑った気がした。

重田さんは、「座りなよ」と立てかけていたギターの横へ来るよう促した。

私は重田さんとギターを挟むように、フェンスにもたれかかって座った。

「真夜中に外へ出るって、何歳になっても悪いことしてる気分にならない？　学生の頃、こっそり抜け出していたあのドキドキ感があるからかな。決められたルールを破る感じがたまらない」

「確かに。そう言われてみればわかります」

重田さんは、「タバコ、吸う？」と言って私に一本差し出してきた。私が吸ったことないので、と言うと、「誰だってはじめは吸ったことないわ」と微笑《ほほえ》んだ。

「じゃあ、一本吸ってみます」

私がタバコを咥《くわ》えると、重田さんは火をつけてくれた。

「ゴホッゴホッ」

私は、当然の反応のようにむせ返った。

「あははは」

「吸える気がしないです」

「でも、音楽しているなら酒とタバコは嗜《たしな》まないと、ってのはもう古いか」

「え、どうして私が音楽やってるって？」

「あ、やっぱり当たりだ。さっき、歌を聞いてる時、手がギター弾く動作してたり、コード押さえる指になってたよ」

「お恥ずかしいです……」

「私もやっちゃうから、わかるよ」

重田さんは、立てかけているギターの弦を軽く弾《はじ》いた。

「ハジナシのライブで出会った人がいて、その人と意気投合してバンドを組むことになったんです。色々とあって、ずっと音楽できなかったんですが、その人が私の背中を押してくれたからまたこうやって音楽ができるようになって。でも、バンドではなくて、私一人で音楽をする道を選んでしまって、結局、恩を仇《あだ》で返す形になっちゃって」

私は、もう一度タバコを吸ってみたが、また咳《せ》き込んでしまった。

「今、ブルージャムミュージックからお誘いいただいてるんです。臼井《うすい》さんって方が、重《しげ》田《た》さんのことも知ってらっしゃいました。あ、私の名前お伝えするの忘れていました。飛鳥《あすか》と申します」

重田さんは、またタバコを深く吸ってから、煙を夜空へゆっくり吐いた。

「そうか。飛鳥ちゃん。じゃあ立派な後輩ってことか。こんな偶然があるだなんて、世の中、狭いね」

「こんな事はあって間もない人に話すことでもないのですが、家出の原因もそれで」

「この際だから、何でも話してよ」

「ありがとうございます」

それから私は、ママのこと、就職のこと、自分のことを包み隠さず重田さんに話した。その間、重田さんは全てに向き合うように聞いてくれた。

「立派だよ。問題に直面した時に、見ないフリするのは一番やりがちなんだ。それが心を守る方法だから、時にはそれが正解になることもある。けど、私たちみたいに、唄を歌う人間は、辛《つら》くても向き合って何らかの答えを出さないといけない。たとえそれが、仲のいい友達《ともだち》とうまくいかないようになる選択でも。でもね、そうして選び取ってきた選択が、振り返った時に間違いだと気づく事がある。大事なのが、その時は意地を張らずにその間違いを認めることなんだよ」

　間違いを認める。私の、間違いって。

「私もね、親と喧嘩《けんか》してもう十年近くは会ってないんだ」

　重田さんは、後ろのフェンスに頭もつけて、夜空をぼんやりと眺めながら言った。

「真面目《まじめ》な家庭だったの。小さい頃は習い事もたくさんやらされたわ。算盤《そろばん》やら水泳やら英語やら。放課後は友達とも遊べず、すぐ家に帰って家庭教師と勉強。もう、うんざりしちゃって。そんな時に、ロックと出会った。衝撃だったわ。こんなに刺激的で、かっこいい世界があるんだって」

　重田さんは、ギターを撫《な》でながら続けた。

「でも、当然ロックなんて家で聴けるわけでもなく、一度CDを持ってるのがバレた時、こんな教育に悪いものって目の前で割られたりもした。でも、十六歳の頃、ついに色々壊れちゃって。パンパンに水の入った袋に針を刺した感じ。ブワーって全てが溢《あふ》れでちゃって、今まで私を縛り付けていたあんたらが悪いんだって事をわからせたくて、家の物全部めちゃくちゃに壊してから、飛鳥《あすか》ちゃんみたいに家出したんだ。でも、それから数年経《た》って、気付いたんだ。私はあの家庭をめちゃくちゃにするために、ロックを聴いて、音楽に頼っていたんだって。復讐《ふくしゅう》のために」

私は、歌うことが好きだから、音楽が純粋に好きだから。復讐のため、なんかじゃないはず。

じゃあ、どうしてブルージャムミュージックに入ろうと思ったんだっけ。お金のため？ううん、そんなわけない。もっと色んな人に聴いてもらえるようになるため？

そのため、私の音楽を好きと言ってくれた楓月《かづき》くんたちを捨てた。

私もママに反抗したかったのかな。私はママとは違う。結婚だけが全てじゃないし、それ以外のものを私は持っていると。ブルージャムミュージックに入って、有名になって、そう言いたかったのかな。

「重田《しげた》さんは、もし過去に戻れるなら、家を飛び出さなかったですか？」

「うーん。同じようにメチャメチャにするかな」と重田さんは微笑《ほほえ》んでから、「私は十年間も逃げ続けてきたから、一体どこまで逃げてきたか距離がわからなくなっちゃったけど、飛鳥ちゃんはまだまだ戻れる場所にいると思うよ」と言った。

今、ここがどこかわからないけど、朝になったらわかるのかな。

「重田さん、アコギ弾いてもいいですか？」

「どうぞ」

それから、私たちは唄を歌いながら、夜を生き抜いた。真っ暗な夜に、光が差し込むまでの間。


東の空が淡く色づき始めた頃、重田さんと別れた私は家路を辿《たど》っていた。夜、歩いていたときは意識していなかったが、かなり遠くまで来ていたようだ。

すっかり通勤の時間帯になったのか、スーツを着た人たちが朝日に照らされながら、今日もどこかへ向かっている。

途中、どこかでみた事がある街についたと思ったら、実習の時に来た保育園の近くだったことに気がついた。時間的にもう登園の時間だろう。私は記憶を辿りながら、保育園を探していたが、見つけてどうするつもりなのかまでは考えていなかった。

「あ、あれだ」

遠目に保育園を眺める。保護者の方々が、自転車に子供を乗せながら登園させているのがちらほら見える。ぼーっと眺めていると、お母さんらしき人が手を繋《つな》ぎながら歩いて登園してくるのが見えた。

その子供は私が担当した、にじ組の西香澄《にしかすみ》ちゃんだった。虫が嫌いな香澄ちゃん。ちょっとは慣れてくれたかな。まだロッカーにてんとう虫、貼ってくれてるかな。どんな大人に育つんだろう。見てみたかったな。

私は保育園を背にして、歩き出した。帰ろう。

家の近くの交差点に差し掛かった時、いつも見慣れている道に戻ってきたことに安堵《あんど》感を覚えていたことが自分でも意外だった。

信号が青になった。

私は、まっすぐ前をみて歩き出す。

重田《しげた》さんと話して、気づいた事が一つある。私は、自分の音楽のためにブルージャムミュージックに所属しようと決めたんじゃないこと。それを言わないと卑怯《ひきょう》な気がして、私はこれから自分の音楽に自信を持てないかもしれない。

また、ママは話を聞いてくれないかもしれない。自分から出ていったくせに、一日も経《た》たないうちに戻ってきて、やっぱり度胸がないと思われるかもしれない。やっぱり、まだ一人じゃ何もできない子供だと思われるかもしれない、それでも。

私がそんな事を考えながら、横断歩道を渡り切ろうとしていた時、どこからか叫びのような声が聞こえてきた。

しかし、自分に向けられての言葉ではないと思っていたのか、何を言っていたのかはわからなかった。

視界の左端の方に、黒い塊が見える。その黒い塊を、車だと頭が認識するまでは一瞬のことだったが、すでに車は私の真横まで迫ってきていた。信号は青だったはず。運転席は暗くてよく見えない。

あれ、何で止まらないんだろう、この車。あ、ぶつかる。

その瞬間、私の頭の中に、初めて花鳥風月《かちょうふうげつ》でスタジオに入った時の映像が流れ出した。楓月《かづき》くんのギターの音、真波《まなみ》さんのドラム、麗華《れいか》ちゃんのベース、心地よい耳鳴り。

ドンッ、と鈍い音が体に響き渡る。嫌な耳鳴りがする。

信号の青い光が、絵の具のように伸びている。私の体は宙に浮いていた。

家出しなきゃよかったな。寄り道せず、まっすぐ帰ればよかったな。後悔が押し寄せてくると共に、アスファルトが近づいてくる。ぶつかる。それでも私の体は思ったように動かなかった。

花鳥風月でライブ、やりたかったな。

何かを好きになることに条件や制限なんて決まりはない。

産まれたままの性別に、容姿に囚《とら》われて生きていかなくちゃいけないルールなんてない。

他人に理想を押し付ける権利もないし、他人の理想に応える必要もない。

なのに、何故《なぜ》かみんな、ありもしない制約の中で生きている。

この世界では、そういった枠組みの中で生活する方が、楽なことを知っているからだ。

自由とは、時には辛《つら》くて痛々しいことだと知っているからだ。

だからこそ、生きていて苦しいと思う瞬間は、自分を大切にしようとしている証拠でもある。

その痛みは、世界を輝かせる。

4

○風間《かざま》楓月《かづき》

病院に着いたのは、十八時頃。一階の待合室でお姉ちゃんと待ち合わせしていたのだが、ロビーのソファでお姉ちゃんと女性が話をしていた。

「お姉ちゃん」

「あ、楓月。こちら、飛鳥《あすか》の友達《ともだち》で、私の後輩の千紗《ちさ》」

「初めまして」と千紗さんは頭を軽く下げた。

僕も軽く会釈してから、「飛鳥さん、大丈夫なの？」と訊《き》いた。

「私も千紗から連絡があって詳しい状態がわからなかったから、ちょうど今、聞いてたところ」

「それで、学校が終わっても連絡がなかったから飛鳥に電話をかけたら、飛鳥のお母さんが出て、今朝、車にはねられて病院に運ばれているって聞いたから、どうしていいかわからなくて、真波《まなみ》さんにも連絡して」

「千紗、大丈夫。落ち着いて話して。飛鳥の容態は？」

「はい……。大きな怪我《けが》はなく、打撲くらいだって。でも、頭をぶつけて、今は意識が戻ってきていないって」

千紗さんは震えた声でそう言うと、泣き出してしまった。

「大丈夫。絶対、大丈夫だって」とお姉ちゃんは言いながら、千紗さんの背中をさすっている。

僕は、飛鳥さんの病室の前まで一度行くことにしたが、お姉ちゃんと千紗さんは、大人数で行っても仕方がないとのことで、一階のロビーで待つことになった。

病室の前のソファには、飛鳥《あすか》さんの親らしき二人が座っていた。

「こんばんは、飛鳥さんのご両親ですか?」と僕が訊《き》くと、お父さんらしき人が、「はい、そうです」と力なく言った。

「飛鳥さんとバンドを組んでました、風間楓月《かざまかづき》と申します」

「君が、楓月くんか」とお父さんが言った後、飛鳥さんのお母さんはチラリと僕の方を見てから、何も言わずに目を伏せた。

「飛鳥さん、大丈夫ですか?」

「ああ、大丈夫。今は少し眠っているだけだよ」

飛鳥さんのお父さんは、まるで何日も寝ていないようなくまを目元に蓄えていた。

「よかった……」と僕は胸を撫《な》で下ろした。

「最後に飛鳥さんと話した時に、喧嘩《けんか》しちゃって、酷《ひど》いこと言っちゃったんです。事務所に所属するから、このバンドでのライブは難しいって言われた時、裏切り者、って飛鳥さんに言ってしまって。僕のせいです。飛鳥さん優しいから、きっとそれで心が乱れちゃって、注意力が散漫になって、今回の事故に繋《つな》がったんです。僕のせいで……」

「そんなこと、ないわ」

飛鳥さんのお母さんが、俯《うつむ》きながら口を開いた。

「飛鳥に対して、最低なこと言っちゃったの。親として失格。それで、飛鳥が家を飛び出してこんなことになっちゃったのよ。だから、あなたは悪くない」

飛鳥さん、家族とも喧嘩しちゃったんだ。僕は、お姉ちゃんの話を思い出した。飛鳥さんは、自分の事を家族に認めてもらえていないって言ってた。

「僕、自分の体と心の性別が一致していないんです。でも、恋愛対象は女性かもしれないんです。何だかもう、訳がわからないですよね。それを、飛鳥さんに相談したことがあって。飛鳥さんはそんな僕に、私たちはみんな不安定な生き物だから、誰かにチューニングを合わせる必要はないよって言ってくれて。その言葉のおかげで、凄《すご》く生きるのが楽になったんです。でも、僕が自分のことを、本音を話したからこそ、飛鳥さんも応えてくれたと思うんです」

言葉は毒にもなるが、薬にもなる。何度も何度も傷つけられてきた。

けれど、その分、何度も何度も、救われてきた。

「私はね、ずっと結婚することだけが人生のゴールだと考えていたの。それが、女の子の幸せだって。結婚して、子供を作って、専業主婦になって。私もそう教えられて、育ってきたから。だから、わからなかったの。飛鳥が恋愛に興味がないって言ったのも、音楽で生きていくって言った時も。理解できなかった。私の育て方が悪かったのか、自分を責めもしたわ」

その人にとっての普通の世界。みんな、その世界の中で、その世界を基準として生きている。価値観が違う、なんて当たり前のはずが、いつからか僕らは、自分の世界に他人を住まわせようとする。

「でも、きっと飛鳥《あすか》も理解してくれるはず。そう信じて育ててきた。その結果、何もかもを失いかけたわ。飛鳥はあなたの味方だったのね。楓月《かづき》くんも飛鳥の味方になってくれている。いいお友達《ともだち》を持ったのね、飛鳥」

「僕が偉そうなことを言える立場ではありませんが、飛鳥さんはきっと、ご両親にも味方になって欲しいと考えていますよ。だから、ちゃんと話し合ってください。飛鳥さんの話を、ちゃんと聞いてあげてください」

僕がそう言うと、飛鳥さんのお母さんは顔を隠すようにゆっくりと俯《うつむ》いて、鼻をすすっているようだった。

「楓月くん、よかったら飛鳥に会ってやってくれないか」と飛鳥さんのお父さんが言って、病室へ案内してくれた。

中へ入ると、真っ白なベッドで飛鳥さんは眠っていた。右手から伸びる管から点滴が行われているようだったが、そこまで大きな傷はなさそうだ。よかった。これからどんどん人前にも出ていくのに、顔に傷が残ったら、と思っていたが、その心配はなさそうだ。

「飛鳥さん……」

僕は、布団から出ている飛鳥さんの手をそっと握りしめた。

「楓月くん、ありがとうね」と飛鳥さんのお父さんが、柔らかな声で言った。

「君のおかげで、飛鳥はまた音楽を始められたと思っている。俺も、もっと飛鳥の力になれたはずだけど、できることは何もなかった。君が、飛鳥の背中を押してくれたんだ」

「そんな、僕は何も」

「これから、どうなるかは飛鳥が決めることでもあるけど、俺は見たいと思ってるよ。花《か》鳥風月《ちょうふうげつ》の初ライブを」

「ライブもまだなのに、解散の危機って笑っちゃいますよね。僕も自分の世界だけのことしか考えていませんでした。飛鳥さんには飛鳥さんの世界がある。見ている世界が違っても、やっぱり飛鳥さんと音楽はしたいです」

そう言った瞬間、飛鳥さんは僕の手を少し握り返してくれたような気がした。


翌日、僕は学校へ向かった。

いつもは、余裕を持って教室に入るが、今日は朝のHRのチャイムが鳴る中で教室の扉を開く。教室に入ると、昨日、あの場に居たクラスメイトからの視線が集まる。僕が自分の席まで歩いていく途中、中山《なかやま》くんと目が合うと、中山くんは視線を逸《そ》らした。

渡辺《わたなべ》さんも来ている。なんて声をかけよう。

「風間《かざま》くん、おはよう」

僕が席に着くと、渡辺《わたなべ》さんはいつもと変わらない、あたたかな表情で言った。

「おはよう」

それから放課後まで、渡辺さんは昨日のことについて特に触れることはなかった。

中山《なかやま》くんも、休み時間は廊下に出て、僕を避けるようになるべく教室にいないようにしていたため、一度も会話をしていない。

青果祭の準備とオズの魔法使いの稽古が始まる。また、二階の踊り場で稽古することになったので、クラスのみんなが移動を始める。

僕はその前に、中山くんの元へ行き、話があるからちょっといいかな、と呼び止めた。中山くんは、「ちっ」と舌打ちはしたものの、「どこで」と話し合いに応じてくれた。

教室は小道具係が道具を作るのに使うので、僕らは正門横の駐輪場に向かった。僕が前を歩き、中山くんがその一歩後ろから両手をポケットに入れながらついて来る。僕が中山くんを呼び出していたことから、喧嘩《けんか》でも始まるのでは、と島田《しまだ》くんが後をつけてついて来ようとしたが、渡辺さんに、「はいはい、稽古するよ」と首根っこを掴《つか》まれて止められていた。

喧嘩をするつもりなんてなかったし、もし喧嘩になったところで僕が負けることはわかりきっている。しかし、階段を下りている時に、中山くんを外へ連れ出しているこの状況が、よく見る喧嘩の状況と似ていたので、鼓動がどんどん早くなってきているのがわかった。僕は、自分を落ち着かせるために、頭の中で曲を再生させた。

曲は、ハジナシの『突風』。しかし、選曲が間違いだった。攻撃的なギターリフから始まるこの曲は、いつも僕の全身の細胞を奮い立たせる。さらに動悸《どうき》が激しくなってしまった僕は、慌てて脳内の再生停止ボタンを押す。今はこの曲じゃない。もっと、冷静さを取り戻せる曲。

あの曲。

僕が次に頭の中で再生したのは、『これから』。飛鳥《あすか》さんの弾き語りバージョン。合同ライブの日にＹｏｕＴｕｂｅを開いて、この曲を聴いた瞬間、僕はバンドを組むことを決意した。

飛鳥さんの声が流れる。その声は、いつでも、どこにいても、僕の心に寄り添ってくれている。

駐輪場の横には一本の大きな桜の木が植えられている。春になると、淡いピンク色をした花を優雅に散らして、新入生を歓迎してくれる。

「こんなところまで呼び出して、なんだ。殴りでもするか？」

「そんなこと、できっこないよ。ただ、中山くんと話がしたいだけ。いや、話さないといけない」

黄色や赤い色をした葉っぱをたくさんつけた秋の桜が風に揺られて、ざあざあ、と音を立てている。

「何だよ。逆に怖《こえ》えよ、それ」

「昨日は、ごめん。僕が逃げ出しちゃったから、稽古できなかったよね」

中山《なかやま》くんは、僕から謝罪されたことが意外だったのか、目を丸くしながら「あ、おう」と答えてから、「ライオンなしで進めたわ」と言った。

「島田《しまだ》くんの言うとおり、僕は自分のことを男の子だって認識はできていない。でも、それを言い訳にしている自分は卑怯《ひきょう》だったってことには気がついた。僕は男らしく生きようなんて思ってないからって、いつも、いつも逃げていたんだ」

「だろうな」と中山くんは投げ捨てるように言った。

「でも、中山くんが思う普通を、他人に押し付けるのは間違ってる」

「は？」

「体が男の子だから心も男の子で、心が男の子だから男の子らしく生きて、みんな異性と恋愛して、それが普通。それが当たり前だと考えてる。そうだよね」

「普通そうでしょ」

「その、普通って何か考えたことある？」

「いちいち考えたことねえわ、そんなの」

「世の中には、僕みたいに悩んでいる人がたくさんいる。その人たちに、中山くんの常識を押し付けていい権利なんてないはず。中山くんは、たまたまその体とその心で生まれたわけでしょ。もしかしたら、自分だってそんな悩みを持って生まれてきたかもしれない」

中山くんは黙って校庭の方を眺めている。その横顔が、飛鳥《あすか》さんのお母さんと重なる。

「でも、育ってきた環境で考え方が違うことも理解できる。学歴が大事って家庭で育ってきたら、頭のいい学校へ行くのが普通だし、一般的な企業で働いて結婚して、みんなが想像する家庭を持つっていう環境で育ってきたら、夢なんか追わずに、働いて結婚してってのが普通になるし。そうやって積み重ねられた自分の世界の普通を、周りにも知らず知らずのうちに押し付けてしまってる」

「はあ……」

中山くんはため息で返した。

「話があるって呼ばれて、謝罪されたと思ったら、今度は何だ、説教か？　わかったようなこと言いやがって」

「うん。わからないよ。僕は中山くんのことなんて全然知らないけど、中山くんも僕のことを全然知らない。ここでお互いがお互いのことを知ろうともせず、どちらも歩み寄ろうとしなかったら、この先ずっと価値観の押し付け合いになってしまう。これから青果祭で一緒に演劇もやるのに、そんなの僕は嫌だ」

「なんか、難しいって、お前の言ってること。価値観やら、環境やら。わかんねえし、そんなこと。それに、俺のこと知りたいって、まさか、俺のこと……」

「待って。変な誤解されたくないから言うけど、恋愛対象は女の子なんだ」

「え？　心は女子なんじゃねえのか？」

「だから、中山《なかやま》くんが思う普通を一回取っ払って欲しいんだよ」

「わけわかんねえよ、お前」

中山くんはそう言うと、全身の力が抜けたように、地面から顔を出している桜の木の根っこの部分に座り込んだ。

「俺んちは、親父《おやじ》がバレーボールやっててさ。高校の時、全国大会で優勝もしたことあるくらい強《つえ》えの。だから、小さい頃からスポーツは色々やらされたわ」

「そうなんだ。どうしてバスケにしたの？」

「一番得意だったから。俺が勝つと、すげえ喜ぶから。親父は」

そう話している中山くんの声には、普段の強気な印象は感じられなかった。

きっと、中山くんにとっては男らしくあることが、強さの証明になっていた。常に競争がある家庭で育ってきたから、強い方が正しいって価値観が生まれてくる。

「だから中山くんは、逃げずに何事にも立ち向かえるようになったんだよ。そりゃ、僕みたいに逃げてばっかのやつ見ると腹立つわけだ」

僕がそう言って笑いかけると、中山くんは、ふっ、と鼻で笑った。

「風間《かざま》んちは、誰もスポーツやってねえの？」

「うん。今考えれば、誰もやってないからか、スポーツを薦められたこともなかった」

「そっか」と中山くんは何か考えるそぶりを見せ、「確かに。俺ん家だとそんなの考えられねえわ」と言った。

「今度、バスケのルール教えてよ」

「知らねえのかよ。体育でもやってんじゃん」

「ルール説明も何にもなかったもん」

「そうだっけ。そりゃ、出来ねえか」

「うん」

中山くんは、お尻についた土を払いながら立ち上がって、「まあ、あれだ」と言った。

「あれ？」

「次から気をつけるよ」と中山くんは頭をポリポリと掻《か》きながら、言葉をこぼした。

「ありがとう」

「待ってるだろ、みんな。戻るか」

「うん。戻ろう」

踊り場に行き、クラスのみんなにも昨日の事を謝罪した僕は、改めてライオン役を務めることになった。まだ演技自体は不慣れな部分はあるけど、僕の声のハリの無さや弱々しさが、臆病なライオンという役にはハマっていたのでなんとかなった。

昨日は、島田《しまだ》くんに適役だと言われ、機嫌を損ねて帰ったのに、みんなには改めてとっつきにくい奴《やつ》だと思われただろう。

稽古が終わってから、僕は渡辺《わたなべ》さんを呼び止めた。

「渡辺さん。改めて、昨日は途中で帰ってごめんね」

「ううん。島田と中山《なかやま》がひどいこと言ったから、怒って当然だよ。それに、今日はこうして戻ってきて、ちゃんと役を引き受けてくれたじゃない」

「さっき、中山くんにも謝ったんだ。僕はずっと卑怯《ひきよう》に逃げてたって」

上手《うま》く言えないけど、自分で呼んだ中山くんの名前が、昨日とは別の響きを帯びている気がした。

「別に謝らなくいてもいいのに。でも、自分の悪いって思ったことをちゃんと人に謝れるって偉いよ。大人っていうか、向こうから言ってくるまで絶対謝るもんかって意地張っちゃうもん」

渡辺さんは昨日の島田くんが言ったこと、どう思っているんだろう。特に何も触れてこない渡辺さんの優しさが、話の切り出し方を難しくさせた。

「これからクラス一丸となって青果祭で頑張ろうって時に、雰囲気も悪くしちゃうから」

「もう明後日《あさって》だしね、青果祭。ライオン役もできてたよ」

「ライオン以外だったら出来てなかったよ。渡辺さんはすごいね。ドロシー役もすんなり入ってくるっていうか」

「私、小さい頃の夢は女優だったの。幼稚園のお遊戯会でも張り切って、主役をやりたがってさ」

「渡辺さんなら、女優にもなれるよ」

綺麗《きれい》だし、とは恥ずかしくて付け加えられなかった。

「でも、もう諦めたの」

「どうして？」

「うーん。やっぱり、あの世界って厳しそうじゃん？」

渡辺さんは、なるべく軽く、もう気にしていないように言ったが、こうやって取り繕っている人の表情は何故《なぜ》だかわかる気がする。気にしてないよ、ってのは実は聞いて欲しいの裏返しだったりすることも。

渡辺さんも、きっといろんな悩みを抱えている。僕は、何一つ知らない。でも、これから知っていきたい。

踊り場を見渡すと、みんなもう帰っていて、辺りには僕らしかいなかった。

「渡辺《わたなべ》さん」

「なあに？」

「昨日、島田《しまだ》くんが言ったことなんだけど、本当なんだ」

踊り場に僕の声が響いた。でも、言わなくちゃならない。

渡辺さんは、まっすぐ僕を見つめている。

「怖かったんだ。わざわざ人に言うことでもないし、言われた方だって困るし。でも、それじゃ僕は誰とも分かり合えないまま」

完全に他人と分かり合う、なんてことは出来やしない。でも、他人のことを完全に理解できないから、知ろうとする。その知ろうとする行為が僕らには必要なんだ。その為《ため》には、僕の事を話さないといけない。

「僕は、物心ついた時から自分の性別に違和感を覚えていたんだ。家では、服装も女の子の服を着ていたり、メイクもしてみたり。けど、外では周りの視線が怖くてできなかった」

渡辺さんは、「うんうん」と頷《うなず》いて、話を聞いてくれている。

「だから、ずっと恋愛もできなかった。人を好きになっちゃいけないって気持ちが、僕の心に蓋をしてさ。でも、渡辺さんと出会って、こうやって話をしていくうちに……」

僕はそこで言葉を詰まらせてしまった。

もう、引き返せなくなる。本当に、この気持ちを伝えることは正しいのか。頭の中の黒板に、伝える、伝えない、と書いた。その下に、正の文字を一文字ずつ書き足していく。

飛鳥《あすか》さんの言葉で僕は救われた。でもまた、話し合う事をせず、逃げ出していた。

もう、逃げ出さないって決めたんだ。

伝える、の下に一文字書き足される。

飛鳥さんのご両親は、飛鳥さんと向き合って、ちゃんと話を聞こうとしていなかったから、亀裂を生んだ。

また、伝える、の下に一文字書き足される。

家族でもない、まだ少し話しただけの渡辺さんにこの気持ちを伝えることは、迷惑じゃないかな。

伝えない、の下に一文字書き足される。

もし、伝えて、渡辺さんが僕の気持ちを受け止めきれなかったら。そんなつもりで友達《ともだち》になったんじゃない、と関係性が崩れてしまったら。

また、伝えない、の下に一文字書き足される。

「風間《かざま》くん……？」

渡辺さんは、僕が黙り込んでしまったため、心配そうに顔を覗《のぞ》き込んできた。

「僕は……」

「大丈夫。私は風間くんのこと、もっと知りたいって思ってるよ」

渡辺《わたなべ》さんは、そう言って微笑《ほほえ》んだ。

僕は、頭の中の黒板に書いていた、正の文字を全て消し去った。

「僕は、渡辺さんが、好き」

自分の声が震えているのがわかった。

「ずっと、恋愛対象も男の子なんじゃないかって考えていたけど、それは違うって、渡辺さんと出会って気づいたんだ。女の子が好き、とか、男の子が好き、とか性別で考えるのは間違ってるって」

僕は息継ぎをするタイミングが分からず、肺に溜《た》まった空気を全部出し切るまで、一息で話し切った。

「……」

渡辺さんは、沈黙を返す。初めて僕の目から視線を逸《そ》らし、俯《うつむ》いてしまった。

「ごめんね。こんなこと急に言って。友達《ともだち》、だったのに」

だったのに。その言葉だけが、虚《むな》しく踊り場に響いていく。

僕がその場を去ろうと、足元に置いてあったカバンを取るためにかがみ込んだ時、渡辺さんは僕の制服の裾を握った。

「待って、違うの」

渡辺さんの瞳は、うるうると揺らいでいた。

「風間《かざま》くんの気持ち、正直に伝えてくれてありがとう、すごく嬉《うれ》しいよ。でも、私も実は隠してたことがあってね」

渡辺さんは、軽く息を吸ってから、ゆっくり吐いて、話を続けた。

「私、女の子が好きだったの。中学の頃、女の子とも付き合ったことがある。この学校で、知ってるのはれーちゃんくらい」

「そうなんだ。話してくれて嬉しいよ」

僕はちっとも驚かなかった、といえば嘘《うそ》にはなるが、すんなりと受け入れることができた。別にそれは大した問題じゃない、と自分に言い聞かせているんじゃなくて、その言葉は何の雑味もない水を飲んだ時のように、すーっと僕の中に流れ込んできた。

「でもね、私も風間くんと出会って、仲良くなっていくうちに、どんどん気になり始めてきて」

渡辺さんは、軽く持っていた僕の制服の裾を、ぎゅっと握った。

「私も、風間くんが好き。他人のことを想《おも》える優しいところとか、一緒にいて不思議と居心地がいいところとか、ギター弾けるところとか、あと、顔も好きだよ」

だんだんと顔が熱くなってきているのがわかる。何だか恥ずかしくて、一つ一つに頷《うなず》いて返すことしかできなかった。

「初めは混乱してたけど、まさか、風間くんも私と一緒に悩んでいたなんて、何だか嬉しくて、すぐ答えられなかった。ごめんね」

ずっと眺めていた月が振り返って、やっと僕の想《おも》いに応えてくれた。

「ううん。大丈夫。大丈夫だよ」

感じたことがない感情が、あたたかなものが体の底から溢《あふ》れ出してくるようだ。

僕はこの場で叫びそうになったが、グッと堪《こら》えた。

裾をぎゅっと握っていた、渡辺《わたなべ》さんの手を、僕は握り返した。

それはとても柔らかくて、僕の手より少し小さくて、すっぽりと心の中に収まった。

◇花山飛鳥《はなやまあすか》

目を覚ますと、視界には真っ白な天井が映っていた。

天井から視線をずらしていくと、どうやら病室のベッドで寝ているようだった。周りに他の患者はおらず、ベッドも一つだったので、個室のベッドだろう。

体を起こそうとしたが、頭にズキっと針を刺すような痛みが走って、起き上がることができなかった。腕の関節部分には注射針がささっており、点滴をしているようだったが、その針の痛みはなかった。

どうなったんだっけ。

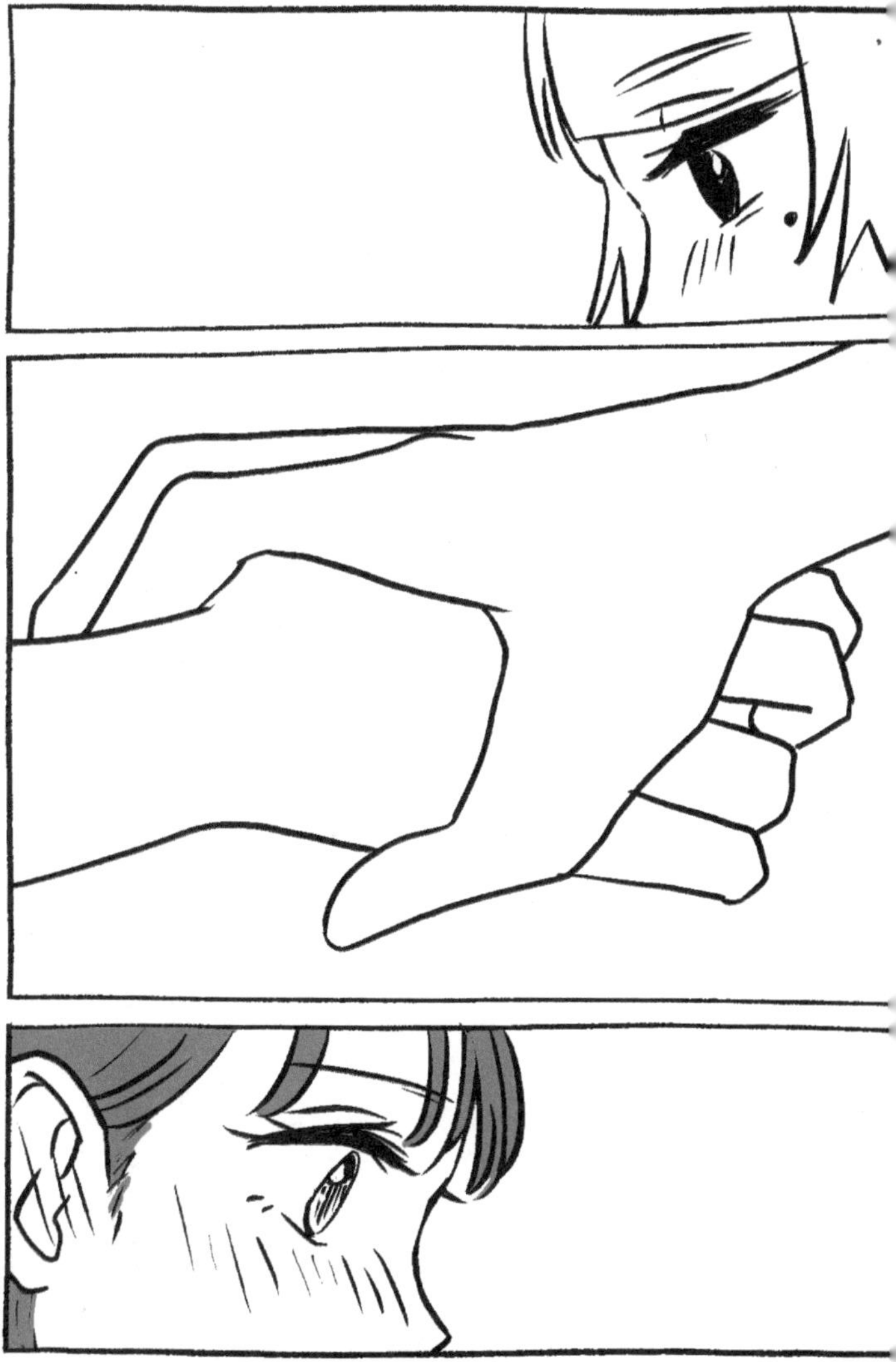

私は、まだぼーっとしている頭の中で、記憶を辿《たど》っていく。

ママと喧嘩《けんか》して、家出して、そうだ、ハジナシの重田《しげた》さんに会ったんだ。重田さんと朝日が射すまでここで歌おうってなって、帰ってる途中で。車に跳ねられたんだ。そのまま飛ばされて、アスファルトが目の前まで迫ってきて、そこから、まるでページを破られたかのように記憶がまるまるない。

でも、無事だったんだ、私。

扉がガラッと開く音がして、振り向くと、そこにはママが立っていた。

「飛鳥《あすか》……」

「ママ、私」

「よかった」

ママはベッドの方へ駆け寄ってきて、私の手を握った。

「もう三日も眠ってたのよ」

「え、そんなに眠ってたの」

「このまま、もう目を覚まさなかったらどうしようかと思ってたわ。ほんとによかった」

ママはよっぽど心配していたのか、大きくため息をついて、ベッドの横にある椅子にへたり込んだ。

「覚えてる？　飛鳥、交通事故にあったのよ」

「うん。さっき、何となく思い出していた」

「ひき逃げ、だって。今、警察が色々調べてくれているんだけど、たまたま近くで事故を見た人が、信号無視で車が突っ込んできて、飛鳥をはねてそのまま逃げたのを見たって。ほんと、ありえないわよね。その人が救急車を呼んでくれたからよかったけど」

「ひき逃げ……」

まだ、自分の身に起こったことだと実感が湧いていないのか、その言葉だけがふわふわと浮いているようだった。

「でも、不幸中の幸いっていうか、大きな怪我《けが》はなくてよかったわ。頭もレントゲン撮ってもらったけど、今のところ異常はないって」

「そっか」

窓からはやわらかな光が差し込んでいる。

「そうだ、パパに飛鳥が起きたよって言わないと」

ママはスマホを取り出して、パパに連絡をしているようだ。

「パパも、今は仕事に行ってるけど、仕事終わりは来てくれてたよ」

「三日も寝てたって、今日は平日？　ママ、仕事は？」

「何言ってるの。平日だけど、仕事なんて行けるわけないじゃない。心配でずっと病院にいたわ」

「ごめんね、心配かけて」

ママは、それには何も答えずに、「お腹空《なかす》いてない？」と訊《き》いてきた。

「ちょっと」

「ありきたりだけど、リンゴがあるから剥《む》いてあげる」

「何、ありきたりだけどって」

私が笑うと、ママも釣られて笑う。

ママは棚に置いてあったリンゴを手に取り、引き出しから果物包丁を取り出した。

「何だか、すごく久しぶりな気がする。こうして二人でゆっくり話すの」

ママは、器用にリンゴをクルクルと回しながら皮を剥いていく。

「夢を見た気がする。内容はあんまり覚えてないけど、楓月《かづき》くん、私のバンドメンバーの子が、私に会いにきてくれて、飛鳥《あすか》さん待ってるよ、って言ってくれたような」

「あら、それは夢じゃないわよ。事故の当日、ここへお見舞いに来てくれたわ。あの子も心配だったのよ。制服のまま来てたから」

夢じゃなかった。本当だったんだ。私は、楓月くんを裏切ったのに。

「素敵な子ね。あの子。飛鳥のこと、とても大事に想《おも》っているようだったし」

「何か、話したの？」

「あの日の、飛鳥が出ていった日のことを話したの。そしたら、ちゃんと飛鳥の話を聞いて味方になってやってください、って真剣な顔で言われちゃったわ」

「楓月くんが……」

ママは紙皿を取り出し、その上でリンゴを一口サイズに小さく切ってから、ベッドについているリモコンを操作して、上半身だけ起き上がるようにしてくれた。

「はい、どうぞ」

口元まで持ってきてくれたリンゴを一つ、頬張《ほおば》った。

「おいしい」

体が糖分を必要としていたのか、リンゴの甘さが体に染み渡っていくようだ。

「飛鳥、ごめんなさいね。あんなこと言っちゃうなんて、ママ、どうかしてたわ」

ママは私が寝ている布団の上、ちょうどお腹あたりに手を置いた。

「ううん。私もごめん。急に音楽で食べていくって家飛び出しちゃって。あれから、色々考えてたんだけど、事務所に所属するって話、したじゃん？」

「ええ」

「活動の幅が広がる、とか、メジャーデビューだ、とか言ったけど、本当はママに仕返しがしたかっただけなのかもしれない。ママの価値観を否定して、結婚以外の選択肢が私にはあるんだ、ママには選べなかった道に、私は進めるんだって」

私は窓の外へ視線をやった。ここが何階かは分からないが、空は雲ひとつない秋晴れの爽やかな天気だ。

「そのために所属して、売れて、テレビに出たり、ドラマとか映画の曲を歌ったら、ママも何も言えないだろうし、認めざるをえないだろうって思ってた。そんなことのために、利用しようとしてた。そんなことのために、楓月《かづき》くんを、バンドも捨てて」

「あの時は、ママもカーッとなってつい言い返しちゃったけど、その通りよね。ママには結婚して、子供を産んで育てるのが普通だって考え方しかなかったし、それを飛鳥《あすか》に押し付けていたことも自覚がなかったの」

　空がじんわりと滲《にじ》んで、視界がだんだんぼやけてくる。目元の筋肉が震えて、鼻の奥がツーンと痛み出した。

「ごめんね」

　私は泣いていた。

目から、どんどんと溢《あふ》れ出した涙は、頬《ほお》を伝って布団へポタポタと落ちていく。もう、自分では止められなかったし、このまま全部、出し切りたい気分だった。

点滴をしていない方の手で、涙を拭こうとすると、ママが手で拭き取ってくれた。

「何、泣いてるのよ。あら、飛鳥の涙ってあったかいわね。初めて知ったわ」

気づけば、私は声をあげて泣いていた。

私の頬に、優しく触れているママの手の温度が伝わってくる。何だか、赤ちゃんみたい、

と私は思った。

その泣き声は、産声《うぶごえ》のように病院へ響き渡っていく。


今日は結成一年目以内のバンドが出演できるライブイベント、東京大発掘の当日。お客さんはその日の出演バンドから一番よかったバンドに投票し、優勝者は、大きなライブ会場で決勝戦に出演できる。

昨日は結局、四時過ぎまで眠れずで、朝も八時前には目を覚ましてしまった。学生の頃、修学旅行で前日ワクワクして眠れなかった、という経験もなかったのに。起きてから、ずっと胸がドキドキしている。

外は手袋をしていないと、手がかじかんで動かなくなるくらいの寒さだったので、手首のところにファーがついている手袋を、ママから借りてつけていた。みんなと会ったのは、年明け前だったので、挨拶は明けましておめでとう、になるなとか考えながらライブハウスへ向かっていると、後ろから声をかけられた。

「飛鳥《あすか》さん、明けましておめでとうございます」

「あっ。楓月《かづき》くん。明けましておめでとうございます」

ついに、この日が来たんだ。花鳥風月《かちょうふうげつ》の初ライブの日が。

出演者用のエレベーターに乗り、三階まで行くと、ステージ裏に入れて、ギリギリ十人くらいが入れるほどの広さの楽屋が用意されている。楽屋は、出演バンドが二組ずつ入れ替わりで使えるようになっており、出番前のバンドと、その次のバンドが楽屋を使い、その他の出演者は、基本ホールでお客さんと一緒にライブを観《み》る。

イベントは十五時からで、合計八組も出演するのだが、お客さんは最初から会場に来て、なるべく全バンドを観た上で投票して欲しい、といった意図からか、タイムテーブルは当日公開されることになっていた。

楽屋の前には、機材を置いておく物置部屋があり、そこへ機材を置いてからホールへ移動する。ホールは二百人程度の人が入れる広さらしく、薄暗くてホコリっぽく、微《かす》かなタバコの煙の匂いと甘い芳香剤が混ざったような匂いがする。

ステージはホールから一段上、ちょうどテーブルの高さくらい上がっている。今は、照明のセッティング中なのか、赤や青や黄色など、いろんな色の照明がチカチカとステージを照らしている。

すでに出演者が、バンド毎に固まって待っており、何となく円を描くような形になっていたので、私たちもその円を乱さないように並んだ。

十分ほど待っていると、ぞろぞろと他の出演バンドもホールへやって来た。最後にやってきたバンドを見た楓月くんが驚いた様子で、「え、広坂《ひろさか》先輩？」と声を漏らしていた。

「はーい。それでは顔合わせ始めましょうか」

このイベントのスタッフなのか、頭はつるつるのスキンヘッドで、ぽっちゃり体型の四十代くらいの男性がそう言いながら、円の中心にやってきた。

「みなさん、おはようございます。ここの店長やりつつ、東京大発掘のイベントスタッフもしてます、土田《つちだ》です。今日は一日よろしくお願いします」

「お願いします」

出演者たちがぽろぽろ挨拶をする中、最後に来たバンドの中の一人が、楓月《かづき》くんの知り合いだったのか、じっと私たちの方を見ている気がした。

「じゃあ、一バンドずつ自己紹介しましょうか」

土田さんがそう言うと、私たちの二つ右隣から自己紹介が始まった。楓月くんが知っている雰囲気のバンドは、ニューパレット、と名乗っていた。

それから、各バンドの代表者一名がくじを引いて、出演の順番を決める。くじは私が引くことになり、出演は十六時四十分からの五番手なった。ニューパレットは、七番手。

タイムテーブルが決まったので、これから開場してお客さんをホールに入れる。一番目のバンドはステージ裏、二番手のバンドと三番手のバンドが楽屋へ移動する。

私たちは、そのまま一番目のバンドを見るためにホールへ残っていると、ニューパレットのメンバーがこちらに向かって歩いてきた。

「おお、楓月。こんな所で会うとは」

「広坂《ひろさか》先輩。どうしてこのイベントに？」

「実は、妄想公園は解散して、新しくバンド組んだんだ。今日が初ライブなんだけど、楓月も軽音部以外でバンド組んでたんだな」

広坂先輩と呼ばれる人は、どうやら楓月くんの軽音部の先輩のようだった。楓月くんと話している最中、なぜか私の方をチラチラと見ていた、というよりも睨《にら》みつけられている感覚だった。私はふと、ＹｏｕＴｕｂｅに来ていたコメントを思い出した。黄色一色にＨとだけ書かれていた、あのアイコンを。

程なくして、一番手のライブが始まった。お客さんはホールの半分くらいは入っているようだった。二番手のライブを見終えてから、私たちは楽屋へと移動した。楽屋に入ると、私たちの一つ前、四番手のバンドも待機していた。

「初ライブであんな人数の前でライブができるなんて、超楽しみ」

真波《まなみ》さんは、みんなの緊張をほぐすためか、普段より声を張った話し方になっている。

「そうですね。私、めちゃくちゃ楽しみだったのか、昨日全然眠れなかったですもん」

「楓月も昨日、ずっと私の部屋にいたよ。お姉ちゃん、緊張で眠れないよーって」

「ちょっと、やめてよ。そんな言い方してないじゃん」と楓月くんがムスッとする。

「麗華《れいか》ちゃんはどう？　眠れた？」

私がそう訊《き》くと、麗華ちゃんは親指を上に立てて、「十時間くらい寝ました」となぜか誇らしげに言った。

「寝過ぎでしょ」と私が笑いながら言うと、楓月《かづき》くんは「ダメだよ、それ」と言った。

「十時間以上寝ると太りやすくなっちゃうし、記憶力も低下するし、それに」

「もう、うるさいなあ。楓月のそういう豆知識出してきてぐちぐち言うところ、ほんと鬱陶しいから」と麗華《れいか》ちゃんはめんどくさそうな表情で言う。

「僕は、麗華のためを思っていってるんだって」

真波《まなみ》さんが二人の間に割って入って、「はいはい、もういいから。喧嘩《けんか》しない」とその場をおさめてくれた。

四番手のバンドが、ステージ袖で待機するために楽屋を出て、入れ替わるように六番手のバンドが入ってきた。本番十五分のセッティングが十分なので、あっという間に出番がくる。

「もうそろそろで、僕たちも準備しないとだね」

楓月くんは、すぐにギターが弾けるように手を擦《こす》り合わせて、温めている。

「そういえば、渡辺《わたなべ》さんは今日くるの？」と私は楓月くんに訊《き》いた。

「はい。渡辺さんも、めちゃくちゃ楽しみにしてますよ」

「初めて観《み》るもんね、楓月くんがギター弾いてるところ。なおさら、気合い入る」

「飛鳥《あすか》さんのご両親も来られるんですか？」

「来るよ。パパも、ママも」

「なおさら、気合い入りますね」

事故の後。退院した私は、ブルージャムミュージックに所属するのを保留にした。

ママともたくさん話し合って、今は、私の考えを理解しようとしてくれている。音楽の道に行くことも、飛鳥の人生だからね、と言ってくれた。

でも、自分が何のために音楽をしたいと思ったのか、入院中もずっと考えていた。もう、ママに認めてもらうために、自分の道を決める必要は無くなった。メジャーデビューして売れたいとか、有名になりたい、って気持ちも多少はあるけれど、まずは、私が一緒にやりたいと思える人たちと一緒に、音楽と向き合っていきたい。

夢崎《ゆめざき》さんにもそう伝えると、じゃあ、シンガーソングライターとしてではなく、バンドで担当できるか検討してみるから、と食い下がってきた。

ママは一時期、あれだけ反対していたのに、私が今は所属しない、と伝えると、何よそれ、もったいないと言った。私は、人ってこんなにコロッと考えが変わるものなんだ、と複雑な気持ちになった。

「何だか、すっごく緊張してきた。早く始まってほしい」

楓月くんは、立ち上がったり座ったりを繰り返して、緊張を隠せない様子だった。

「大丈夫。練習通りやればいいだけ」と私は言った。

「一曲目、あの曲で大丈夫ですかね」

あの曲。

今日は合計三曲演奏するので、『これから』と『君と僕と乱反射』以外にもう一曲作っていた。『君と僕と乱反射』ができる前、楓月《かづき》くんに私が作ったメロディをいくつか送っていたのだけれど、その中の一曲。この曲は出来上がってから、まだ三回ほどしか合わせていないので、不安なんだろう。

「私は一曲目がいいな。疾走感あるし、初《しょ》っ端《ぱな》でお客さんの心を掴《つか》むにはもってこいじゃん。絶対に一曲目だよ」と私は楓月くんを安心させるためにも、そう言い切った。

「今さら変更もできないし。サビの歌詞とかキャッチーだから、もう鷲《わし》掴みだって」

真波《まなみ》さんは、ドラムのスティックを指で回しながら言った。

「そう、ですね」

楓月くんは、自分に言い聞かせるように言った。

「あっ、終わったかな」

ステージから三番手のバンドがライブを終え、ぞろぞろと出てきた。四番手のバンドがステージ上で準備を始めたため、私たちもステージ袖で待機する。

「いよいよだね」

「はい、ここまで来たら、もう楽しむだけですね」

楓月くんの声には、もう迷いがなかった。

四番手のライブが始まる。ステージ袖で待機していたので、しっかり声を張って喋《しゃべ》らないと聞こえないくらい、バンドの音が漏れ出している。

私は、その音に便乗して、声出しの準備を始めた。まずは優しく裏声から。多分周りにはあまり聞こえてないけど、私の頭の中では骨を伝って、反響している。

喉が慣れてきたので、今度は歌う時と同じくらいの声量で声を出した。

うん。しっかり出てる。歌える。路上で歌う時とは違うこの感覚。人前で歌うってことは同じなのに。

四番手のバンドが、ステージから出てきた。ついに、私たちの出番だ。入れ替わるようにして、私たちは機材を持ってステージへ上がる。ドラムは置いてあるものをそのまま使うため、真波さんはスティックだけ持って行く。楓月くんと麗華《れいか》ちゃんは、自分のギターとベースを抱えていたので、楓月くんのエフェクターが入ったボードを私が運ぶ。

ステージへ上がると、ホールの全体が見えてくる。

セッティング時間は十分しかないので、楓月くんにボードを渡し、マイクの位置を調整する。ここからだとお客さんの顔もはっきり見える。ホールを見渡すと、ちょうど真ん中あたりに、ママとパパが立っていた。

各々、音が出ることを確認してから、私たちは一旦ステージ袖にはける。メンバーがはけ終わってから、土田《つちだ》さんがすぐにステージへ上がり、私たちのバンドの紹介を始めた。

「えー、続いてのバンドですが、なんと今日が初ライブ。そして、ギターとドラムが何と姉弟《きょうだい》だそうですね」

「こんな紹介のされ方なんだ」と楓月《かづき》くんは笑った。

血流がどんどん早くなってきている。体の芯が震え出しているのがわかる。それは、単なる緊張の類《たぐい》ではなく、この場所、この瞬間にしか味わえない高揚感。

「真波《まなみ》さん」

「ほい？」

「スーパーかっこいいドラム、お願いしますね」

「まかしとけい」

私がまた音楽を始められたのは、このメンバーがいたから。

「麗華《れいか》ちゃん」

「はい」

「ハモリは任せたよ」

「任されました」

私の世界は音楽のおかげで、こんなに美しく色づいた。

「楓月くん」

楓月くんは、まっすぐ私の目を見て、頷《うなず》いた。

「楽しもうね」

「はい。最高の日にしましょう」

私が楓月くんの背中をぽんと叩《たた》くと、楓月くんも私の背中を叩き返してくれた。

「それでは、続いてのバンド。花鳥風月《かちょうふうげつ》です。どうぞ」

拍手が起こる。

「みんな」

私は手を前に突き出して、「気合い入れよう」と言った。

「お、いいね。やろう」

真波さんの手が重なり、その上に麗華ちゃんの手が重なる。

「よっしゃあ」

一番上に楓月くんの手が重なった。

「行くぞー」

私が声を上げると、みんなも続いて、「おう！」と叫んだ。

楓月くんが、先陣を切ってステージへ上がる。その後ろから、真波さんと麗華ちゃんもステージへ。

私も、ステージの中央に置かれているマイクスタンドへ、まっすぐ歩いていく。

拍手はまだ鳴り響いている。

マイクをとって、スタンドを少し横にずらした。

ステージの照明が私に当たり、拍手が徐々に小さくなっていき、無音が訪れる。

「花鳥風月《かちょうふうげつ》です、それでは聴いてください」

この瞬間を、ずっと待ち望んでいた気がする。

「テレキャスタービーボーイ」

あとがき

この度は、小説版「テレキャスタービーボーイ」をお手に取っていただき、ありがとうございます。

この小説の元になった楽曲を公開したのは二〇一九年四月十三日で、当時は一分尺の曲でした。その一年半後に、伝えたいことをさらに書き加え、「テレキャスタービーボーイ(long ver.)」として公開したのですが、小説化の声が掛かるほど反響を呼ぶとは思ってもみなかったです。

しかし、ここまで沢山の人に愛される作品になったのは間違いなく、楽曲のMVを手掛けてくれた動画クリエイターのｃｏａｌｏｗｌさんのおかげだと感じています。（もちろん、一分尺の方のイラストを描いてくれた、Ｒ・Ｎさんのおかげでもあります）

元々、楽曲だけで伝えたいことを全部描くつもりではなく、あえて歌詞には輪郭をぼやけさせた言葉を入れて、映像と合わさって初めて完成する作品にしようと考えていました。無責任ではあるのですが、自分が惹《ひ》かれたクリエイターさんのフィルターを通した時に起こる化学反応によって、偶発的に生まれる作品が見たかったのです。

ｃｏａｌｏｗｌさんはその余白を上手《うま》く汲《く》み取《と》って、短い尺でも伝わりやすいストーリーにしつつ、特徴的なキャラクター達とポップな演出のおかげで、楽曲のテーマがもつネガティブな側面が強調されすぎない構成にしていただきました。小説化にするにあたって、再度そのＭＶに登場するキャラがどのような環境で、どのような問題に直面し、どのように立ち向かっていったのかを自分なりに咀嚼《そしやく》して、その世界を広げたつもりです。

このあとがきを書きながらふと、中学では大人しいイメージだったのに、高校からお調子者になっていたクラスメイトのことを思い出した。どっちがありのままの姿で、どっちが取り繕った姿だったのかな。そのコミュニティで求められている姿になることが、あのクラスメイトにとっての生きる術《すべ》だったかもしれない。

あなたの周りにもいる、そんな人の顔を思い浮かべながらこの本を読んでいただけると、嬉《うれ》しいな。

最後になりますが、こんな機会を下さったＭＦ文庫Ｊの皆様、わがままを聞いてくださった担当編集さん、ストーリーの軸であるＭＶを作ってくださったｃｏａｌｏｗｌさん、そして出版に関わってくださった全ての方々に心からの感謝を捧《ささ》げます。

今回が僕の長編デビュー作なのですが、本業の音楽活動もしながら執筆していたため、完成に一年以上かけてしまいご迷惑をおかけいたしました。ですが、とてもいい刺激になったので、この経験を今後の作品にも活《い》かしていきます。

ファンレター、作品のご感想を
お待ちしています

あて先

〒102-0071　東京都千代田区富士見2-13-12
株式会社KADOKAWA　MF文庫J編集部気付
「すりぃ先生」係　「coalowl先生」係

読者アンケートにご協力ください!

アンケートにご回答いただいた方から毎月抽選で
10名様に「オリジナルQUOカード1000円分」をプレゼント!!
さらにご回答者全員に、QUOカードに使用している画像の無料壁紙をプレゼントいたします!

■ 二次元コードまたはURLよりアクセスし、本書専用のパスワードを入力してご回答ください。

http://kdq.jp/mfj/　パスワード　emhu7

●当選者の発表は商品の発送をもって代えさせていただきます。
●アンケートプレゼントにご応募いただける期間は、対象商品の初版発行日より12ヶ月間です。
●アンケートプレゼントは、都合により予告なく中止または内容が変更されることがあります。
●サイトにアクセスする際や、登録・メール送信時にかかる通信費はお客様のご負担になります。
●一部対応していない機種があります。
●中学生以下の方は、保護者の方の了承を得てから回答してください。

MF文庫J https://mfbunkoj.jp/

MF文庫J

テレキャスタービーボーイ

2024年 2月25日 初版発行
2024年12月10日 3版発行

著者 すりぃ

発行者 山下直久

発行 株式会社 KADOKAWA
〒102-8177 東京都千代田区富士見2-13-3
0570-002-301（ナビダイヤル）

印刷 株式会社 KADOKAWA

製本 株式会社 KADOKAWA

Printed in Japan ISBN 978-4-04-683468-3 C0193

◆◇◇